CROSS NOVELS

ハリウッドスターαからの溺愛、お断りです！

真船るのあ

NOVEL Runoa Mafune

笠井あゆみ

ILLUST Ayumi Kasai

CROSS NOVELS

contents

CROSS NOVELS

ハリウッドスターαからの溺愛お断りです！

「ありがとうございました」

彼、依田火玖翔《よりたほくと》は会計を終えた客に一礼し、笑顔で送り出す。

ここは、ロサンゼルスの繁華街の一角にある、高級和食レストラン。

午後七時を回り、夕食時ということもあって店はほぼ満席の状態だ。

――次の個室予約のお客さんは、午後八時からか。

店には畳敷きの個室がいくつかある。

個室代はかかるが、和風の部屋で食事をしてみたいと思う人々に人気で、予約はいつも埋まっているのだ。

次の来客に備え、手早く皿を片づけ、坐卓《ざたく》や座布団の位置を整える。

火玖翔が大学に通う傍ら、バイトを始めてから、早四年。

もうすっかり慣れたもので、店ではチームリーダーを任されている。

「ホクト、本当に通訳になるのか？　このままうちに就職してくれると思ってたのに！」

皿を下げに厨房《ちゆうぼう》へ戻ると、日系二世の店長が、日本語で嘆いてくる。

そう、大学四年の火玖翔は今年卒業で、ロサンゼルスにある大手旅行代理店で日本人観光客向けの通訳として就職が内定しているのだ。

「そう言ってくださって、本当に嬉しいです、店長。俺、ここの寿司大好物なんで、これからは客として通いますね」

四年前、日本の高校を卒業し、ロサンゼルスの大学への進学を決めて渡米した当初は、慣れない海外生活を送っていた火玖翔だったが、そんな自分に「困ったことがあったら、なんでも相談しろ」と言ってくれたのはこの店長だった。

その時の恩は、今でも忘れていない。

「せめてもの恩返しに、ツアーのお客様をたくさん連れてきますよ」

「よし、その言葉を待ってたぜ！」

おどける店長に、店員たちもつられて笑う。

アットホームな雰囲気で働けるこの店が好きだったが、通訳になるために渡米した火玖翔は当初の目的を果たせて、ようやく一段落という気分だった。


依田火玖翔、二十二歳。

身長百七十二センチ、体重五十八キロという華奢《きやしゃ》な体軀《たいく》に、色素の薄い茶褐色の髪、深いグリーンの瞳。

「ホクトはニホンのクールビューティーだな」などと大学の友人たちにも揶揄《やゆ》されている、その外見は、ハワイ生まれのアメリカ人の父親譲りらしい。

らしい、と伝聞なのは、父は火玖翔がまだ幼い頃に亡くなり、ほとんど記憶がないからだ。

なので火玖翔は、写真の中でしか父を見たことがない。

日本人の母は女手一つで火玖翔を育ててくれたが、火玖翔が高校一年生の時に病で逝《い》ってしまった。

『あなたは自分の好きな道を選びなさい』

病床で、母はそう言って火玖翔に貯金通帳を握らせた。

それは父が亡くなった時の保険金で、母は火玖翔の将来のためにそれには一切手をつけず貯金しておいてくれたのだ。

ほどなくして母も亡くなり、両親を失った火玖翔は母方の実家で残りの高校生活を送らせてもらいながら、入念な準備をしてロサンゼルスへの留学を決めた。

母は昔、ロサンゼルスで語学留学中に父と出会い、恋に落ちた。

やがて母は日本へ戻り、就職したが、母を忘れられなかった父が追いかけてきて、二人は結婚。

父は母と火玖翔のために、日本への永住を決めたのだ。

だが、父の日本での生活はそう長くは続かず、母は若い身空で未亡人となってしまった。

『火玖翔は将来、どちらの国で暮らしてもいいのよ』

それは火玖翔が幼い頃からの母の口癖で、彼女はその言葉通り、火玖翔に英語と日本語の両方を教えて育てた。

おかげで、火玖翔は単身留学しても不自由なく生活できるレベルの英語が話せたので、母には本当に感謝している。

思い切って日本を飛び出し、ロサンゼルスの大学に進学して、火玖翔の世界は変わった。

たった一人、異国での生活は簡単ではなかったが、新しい環境で馴染めるよう必死に努力した。

学費は母が遺《のこ》してくれた保険金で賄《まかな》えたが、なるべく節約して、自身もアルバイトに励んだ。

この店では賄いも出してもらえたし、なにより時給がかなり高いのが魅力だったので、渡米してから四年間ずっとお世話になっている。

火玖翔が留学先にロサンゼルスを選んだのは、両親が出会った地という、幾分感傷的な理由もあったのかもしれない。

だが、なにより閉鎖的な日本を離れたい気持ちが強かったせいもある。

それには、ある理由があった。


「いらっしゃいませ」

午後八時を少し回った頃、店の正面玄関の辺りに客たちのざわめきが走る。

空いたテーブルを拭いていた火玖翔が顔を上げると、入り口からひどく目立つ一団が入店してきたのが見えた。

「へぇ、なかなかいい店じゃない」

「私、スシ大好き」

若い男性四人に、女性四人。

いずれも二十代前半で、ブランド物に身を固めた、見るからに派手な面々だ。

特に女性たちは長身でスタイルがよく、一目で芸能人かモデルだとわかる美貌《びぼう》だった。

だが、中でもひときわ人目を引いたのは、意外なことに中央に立つ男性だった。

黒髪に、大きめの黒のサングラスで目許が覆われているが、それでも整った顔立ちだというのは窺《うかが》い知れる。

ラフなジャケットにデニムという軽装だったが、いずれも高級ブランドの品らしく隙《すき》がない。

盛り上がる仲間たちとは裏腹に、彼は終始不機嫌そうに無言だ。

一目彼を見た瞬間、なぜかいやな予感がした。

――もしかして、この人……。

思わずフリーズしていると、「ホクト、個室予約のお客様だ」と店長に促されて我に返る。

彼らが予約客だったのかと、担当の火玖翔は急いで出迎えに行った。

「いらっしゃいませ、お待ちしておりました。こちらへどうぞ」

彼らを個室へと案内し、その場で人数分のお茶を淹れる。

すると予想通り、床の間を背にした中央の席には当然のごとくサングラスの彼がどっかと腰を下ろした。

室内に入っても、サングラスを外しもしない。

いわゆる、この集団の王様は彼なのだと、すぐわかった。

畳に座るのに慣れていないらしく、座布団の上で恐ろしく長い足を持てあまして舌打ちする。

「ちっ、足の置き場がない」

「エリーは足長いからしかたないわよ」

「そうそう」

女性たちはロコツに彼狙いなのか、媚《こ》びを売る笑顔を振りまいている。

男性陣はそんな状況が面白くないのだろうが、エリーと呼ばれた『王様』の彼に気を遣っているらしく、こちらも愛想笑いを浮かべていた。

「……胡座《あぐら》を掻《か》くと楽ですよ」

お茶を出しながらアドバイスすると、男性陣は胡座を掻いてなんとか落ち着いた。

その最中、火玖翔はエリーからサングラス越しの食い入るような視線を感じ、ゾクリと表現し難い感覚が背筋を走る。

――やっぱりこの人、アルファだ。

直感で、そう確信した。

この店は高級店で個室があるため、たまに富裕層のアルファの客と出くわすことがあって火玖翔も慣れていたのだが、なぜかこの男は今までと勝手が違った。

そばにいるだけで、なんだかひどく落ち着かないし、彼と目線を合わせるのが怖くて、正視できない。

なにより、この距離ならば、匂いで自分がオメガだとバレたかもしれないと気になった。

サングラス越しに彼の視線が突き刺さるような気がして、火玖翔は動揺する。

「……こちら、メニューになります」

なるべく遠くから彼にメニューを手渡そうとして、ふいにその斜め前に座っていた男性の一人に腕を摑《つか》まれた。

「これじゃ遠くて、エリーが受け取れないだろ」

「も、申し訳ありません」

摑まれた腕をそのままエリーの近くまで引き寄せられてしまったので、憶《おぼ》えのある匂いにくらりと目眩《めまい》がする。

すると、女性の一人がくすくす笑いながら言った。

「可愛いからって、ちょっかい出しちゃ駄目よ、マイク。彼、初心《うぶ》っぽいじゃない」

完全に酒の肴《さかな》にされているが、なぜだかエリーの存在が気になり過ぎて、彼らの会話がまったく頭に入ってこない。

火玖翔は無意識のうちに、制服の下に着たタートルネックで隠している『首輪』を片手で押さえていた。

「わかる？　俺好みだったんで、つい」

と、マイクと呼ばれた男性がおどける。

すると、どっと笑いが起きたが、エリーだけはつまらなそうに無関心でメニューを広げたので、火玖翔はいたたまれない気分になった。

「お、お飲み物はいかがなさいますか？」

「ここ、日本酒がいいのあるって聞いてきたんだが。一番いいやつを出してくれ」

エリーは我関せずといった態度なので、代わりにマイクが注文する。

「あと、ワインもね」

「私はビール」

「畏まりました」

動揺を押し隠し、火玖翔は端末にドリンクのオーダーを入れる。

「お食事の注文がお決まりになりましたら、お声がけください」

なんとかさりげなくマイクと呼ばれた男性の手を振りほどき、逃げるように個室を後にした。

――くそっ、最近運よくアルファには会わなかったのに……っ。

と、火玖翔は内心動揺を隠せない。

この世界には、男女の性別以外に第二の性、アルファとベータ、そしてオメガという三種類の人間に分類されている。

大半はベータと呼ばれる、ごく普通の人間だが、少数存在しているのがアルファとオメガだ。

アルファは社会的にも地位の高い、いわゆるエリート層タイプが多く、オメガは性別にかかわらず、アルファの子を妊娠・出産することが可能である。

厄介なのが約三、四ヶ月に一度周期的に巡ってくる発情期で、その時期のオメガはアルファを発情させるフェロモンを発する。

それを抑えるために、日々抑制剤を飲んではいるのだが、時折薬でも抑えられないほどのフェロモンを発してしまうことがある。

発情期にアルファに項を噛《か》まれてしまうと、その相手とつがいになる契約が締結されてしまい、そうなるとほかの相手とつがいになることはできなくなる。

それはオメガにとって一生を左右する問題なので、オメガは日頃からそれを防ぐために項を守る首輪が欠かせなかった。

とはいえ、首輪のせいでオメガだと一目瞭然《いちもくりょうぜん》でもあるので、火玖翔はなるべくタートルネックやマフラーなどで首輪を隠すようにしているのだが。

火玖翔が日本にいた頃、自分にまったくその気がなくとも、周囲のアルファから言い寄られることが多く、警察が介入するほどのトラブルになった騒ぎもあったくらいだ。

この境遇で、まともな恋愛などできるはずもない。

そんな訳で、火玖翔は二十二歳になっても誰とも交際経験がなく、恋愛を拒んで生きていた。

――俺は一生、結婚はしない。

本当なら、両親のように愛し合える伴侶がいたらいいな、とは思う。

けれど自分はオメガという特殊な身体に生まれてしまったせいで、普通の人生は歩めそうにない。

アルファの子を産むなんて考えられなかったし、恋愛沙汰でひどい目に遭《あ》わされるのは、もうこりごりだった。

アメリカに留学を決めたのも、高校時代の同級生だったアルファにしつこく追い回されたことが一番の原因だったが、こちらは日本よりもアルファとオメガに関して周囲の対応もかなりフラットで生活しやすかった。

日本では多少奇異の眼差しで見られることも多かった首輪姿も、ほとんど気にされるそぶりもなく、そうした意味でも渡米してよかったと日々感謝している。

ロサンゼルスは日本よりはだいぶリベラルな空気で、オメガが差別されることもなかったが、日本での経験が尾を引いていたし、勉強とバイトに忙しかったので依然恋愛する気にはなれなかった。

なんとなく漠然と、自分はこのまま一生一人で生きていくんだろうと考えているし、それでいいと思う。

接客業をしている限り、たまにアルファに遭遇することはあったが、発情期には強めの抑制剤を飲んでいるので、今までは特に問題なかったのだが。

　なぜか今回はひどく胸騒ぎがして、落ち着かない火玖翔だった。


「個室のオーダーあがったぞ」

　店長に声をかけられ、一瞬物思いに耽《ふけ》っていた火玖翔ははっと我に返る。

「は、はい」

　厨房から刺身の舟盛りを受け取り、盆に載せて個室へと運ぶ。

　一番高価な日本酒、それに鮑《あわび》や伊勢海老《いせえび》など、店でも高額な品を次々と注文してくるので、店長は売り上げが上がってホクホクだ。

「景気のいいお客さんだな」

「俺、知ってるモデルの女の子がいましたよ。サイン欲しいな」

　バイト仲間のサムが、幾分興奮ぎみに言う。

　この店は、ロサンゼルスにある日本料理店としては高級な方で、広い個室もあるので、芸能関係者や政治家等有名人の利用が多いのだ。

　彼らは日本酒が気に入ったらしく、さらに追加のオーダーが入る。

　こうして何度か料理を運ぶために行き来していると、かなり酔いが回ってきたマイクという男性が、また火玖翔に絡んできた。

「ねぇ、きみ。ここ座りなよ。一杯どう？」

「すみません、仕事中なので」

こうした酔客の対応には慣れているので、笑顔であしらうが、マイクは幾分強引に火玖翔を自分の隣に座らせる。

「きみ、日本人？　綺麗な瞳の色だ。ハーフかな？」

「は、はい」

指摘され、内心警戒する。

父親がアメリカ人の火玖翔は、彼譲りの美しいグリーンの瞳に薄い茶褐色の髪を受け継いだ。

端正だと容姿を褒めてくる相手は、そこから口説きが始まるので、どうしても身構えてしまう。

「俺さ、日本に興味あるんだよね。いろいろ教えてよ」

そう言いつつ、火玖翔の手を握ってくるので、周りの女性たちがそれを見てくすくす笑っている。

きっと、今までも酔うとこうして店員を口説いてきたのだろう。

——参ったな……。

笑顔でやんわり躱《かわ》し続けたが、制服の腰にまで手を回され、さすがに注意しようとした、その時、

「マイク」

それまで無言で日本酒を飲んでいたエリーが、ふいに口を開いた。

「私のメンツを潰すような、下品な真似をする気か？」

さらりと、極めて軽く流すような口調だったが、その場に居合わせた全員の間に緊張が走る。

「わ、悪かったよ、エリー。もうしない。絡んでごめんな、店員さん」

「い、いえ……」

まさに鶴《つる》の一声で、それ以降マイクはすっかり大人しくなったので、火玖翔はほっとした。

ちらりとエリーの様子を窺うと、彼は火玖翔の存在などまるで意識していないかのように寿司を摘まんでいる。

――助けてくれた……のか……？

彼の意図がわからなかったので、曖昧に会釈《えしやく》したが、エリーは無反応だったので、とりあえずまったく自分に関心を示さない彼に、火玖翔はほっとした。


「ありがとうございました。またのご利用をお待ちしております」

店先まで彼らを見送り、接客マニュアル通り会釈する。

ほかのメンバーはさっさと歩道からタクシーを拾うために歩き出していたが、最後尾にいたエリーだけが振り返る。

サングラス越しなので、その視線がどこにあるのかはわからなかったが、なぜだか自分を見つめているような気がしてならなかった。

目を逸《そ》らせず、一瞬、時が止まったような錯覚に陥《おちい》って。

火玖翔はその場に立ち尽くす。

やがて、エリーはそのまま無言で仲間の後を追ってタクシーの中へと消えていった。

彼の視線から逃れられると、ほっとして思わず吐息を漏らす。

些細《ささい》な所作一つ一つが、妙に絵になる人物だ。

だが、やはり彼からはアルファ特有の気配がしたので、もう関わり合いにはなりたくない。

――上客で、店長は喜んでたけど、どうかもう二度と来ませんように……！

心の中でひそかに塩を撒きつつ、火玖翔は急いで店内へと戻ったのだった。


それから、特になにごともなく一週間ほどが過ぎた。

「お疲れさまです、お先に失礼します」

午後十時。

その日遅番のシフトが終わり、火玖翔はロッカールームで制服から私服に着替え、店の裏口から外へ出る。

――あ、しまった。薬……。

ディナータイムの初めから立て込んで、それこそ息をつく暇もなかったので、ついうっかり、いつもは賄いの夕食後に飲むはずの抑制剤を飲み忘れていたことに気づく。

一度くらい飲み忘れても大丈夫だとは思うが、ちょうど発情期の周期に差しかかっていたので、念のため飲んでおくかと裏口でボディバッグを開け、中から薬と水のペットボトルを取り出す。

絶対にアルファとどうこうなりたくない火玖翔にとって、発情期を抑えてくれる抑制剤は日々必須なものだった。

錠剤を手のひらに乗せ、口へ放り込もうとした、その時。

「あっ……」

ふいに背中から誰かにぶつかられ、その衝撃で薬は地面に転がって落ちてしまった。

「なんだよ、くそっ！」

酔っ払いか、と憤りつつ振り返ると、長身の影がぬっと迫ってくる。

そしてそのまま、ぷつりと糸が切れたかのように火玖翔へ全体重を預けて倒れかかってきた。

「ちょ、ちょっと!?」

新手の強盗かと警戒したが、咄嗟に抱き留めた身体は妙に熱く、ぐったりしている。

「……おい、大丈夫か!?」

戸惑いながらなんとか抱え起こすと、街灯の灯りでようやく相手の顔が判別できた。

「あんた、こないだの……？」

驚いたことに、今腕の中にいるのは先日訪れた客、エリーと呼ばれていた男だった。

今夜も、サングラスをしているが、目近で見ると忘れようのない美貌だ。

「……予約してないが……席、あるか……？」

ひどく具合が悪そうだったが、エリーが途切れ途切れにそう告げる。

「だが、財布もスマホも……忘れてきた……ツケは利かないか、はは……」

「酔ってるんですか？」

最初は疑ったが、エリーの身体からアルコールの匂いは一切しなかった。

「具合、悪そうですよ。なにかあったんですか？」

なんとか彼の上体を壁にもたせかけ、そう問い質すと、エリーが苦笑する。

「……こないだ一緒にいた、リサにやられたよ。ドリンクになにやら妙な薬を仕込まれたんだが、途中で気づいて……逃げてきた」

「え、女の子が薬仕込んで、なにするんですか？」

逆の話ならいやというほど聞き覚えがあるが、と火玖翔が困惑していると、エリーは「私とのセックスをネタに……ゴシップ誌にでも売る気だったんだろう」と告げた。

ということは、彼はゴシップ誌がそんなネタを買い取るような有名人という話になる。

あれこれ考えていると、意識朦朧《もうろう》としていたエリーは、そのままがくりと項垂《うなだ》れた。

「ちょっと、こんなとこで気絶しないでくださいっ」

しかたがないので、タクシーを拾ってやるために、なんとか彼に肩を貸して店の前の大通りまで出る。

しばらく待つと一台通りかかったので、それを停めて後部座席へ彼を押し込んだ。

財布がないと言っていたので、運転手に運賃を先払いしようとしたが、彼の家がどこかなど知らないことに気づく。

「すみません、あの、住所どこですか？」

「……ん……」

ところが、後部座席にぐったり横たわっているエリーは、応えない。

「ちょっと、住所言えないほど酔っ払ってる人を一人で乗せられても困るよ」

運転手にそう釘を刺され、火玖翔は困惑した。

が、結局ほかに為《な》す術《すべ》もなく、火玖翔も同乗する羽目になる。

そうなると、もう自宅に連れて帰るしか方法はなかった。


火玖翔が暮らしているアパートメント前でタクシーを降り、これまた苦労して、なんとか二階にある自分の部屋までエリーを運ぶ。

肩を貸して歩かせたとはいえ、自分より一回り体格のよい彼を運ぶのは大仕事で、ようやくベッドの上に放り出した時には疲労困憊《こんぱい》だった。

「くそっ……えらい時間外労働だ」

両肩で息をつきながら、ベッドの上に仰向けに横たわっているエリーを見下ろす。

驚くほど頭が小さく、手足が長い体躯は、天から与えられた完璧なまでの八頭身。

とにかく、嫌味なほど足が長く、火玖翔のベッドから足首がはみ出しているのを見て、ちっと舌打ちする。

関わり合いたくないアルファだというのに、なぜこの男を助けてしまったのだろう……?

――いや、だってあの状況で路上に見捨てて、万が一なにかあったら後味悪いし。

そう、自身に言い訳する。

薬を盛られたようなことを言っていたが、危険なドラッグではないだろうかと案じる。

――そうだ、俺も薬……!

この騒動でまた忘れかけていたので、急いで薬を探す。

家にアルファを入れてしまった以上、抑制剤は飲んでおかなければ心配だった。

と、その時。

「………気分が悪い」

ベッドの上のエリーが、ふいにそう呻《うめ》く。

「わ〜！　ベッドの上で吐くな〜！」

青くなった火玖翔は、薬を放り出し、エリーに手を貸して急いでトイレへと誘導する。

「薬混ぜられたドリンク飲んで、どれくらい？　どんな薬物かわからないから、喉に指突っ込んで吐いちゃった方がいいと思うけど」

「……そんな野蛮《やばん》な真似、したことない……できるわけな……」

便器を抱えるようにしてうずくまりながら、エリーがそう抵抗するので、火玖翔はため息をつく。

「あ〜、面倒くさいな〜もう」

背後からエリーを抱え込むようにして、火玖翔は「ちょっと失礼」と彼の口の中に右手の人差し指と中指を押し込んだ。

「ぐ……うっ……」

エリーに指を噛まれないように気をつけながら、何度か吐かせる。

「……いきなり信じられない……なんて奴だ……っ」

「あ〜野蛮ですいませんね。こっちは早く元気になって出ていってもらいたいんで」

最初は文句を言っていたエリーだったが、胃の中がすっかり空になると、ようやく落ち着いたのか顔色がじょじょに戻ってきた。

洗面所で口をゆすがせ、再びベッドに横たえてやる。

――しかたない。一、二時間休ませてやるか。

彼が眠っている間に、火玖翔は朝溜めたままだった食器を洗ったり、出かける前やり残していた家事や雑事を片づけたりと忙しく動き回る。

最後にシャワーを浴び、濡れた髪にタオルを被って部屋着姿でバスルームから戻ってくると、エリーがベッドの上で上体を起こしてぼんやりとしていた。

「目が覚めた？　気分は？」

冷蔵庫からミネラルウオーターを取り出し、渡してやると、エリーは実においしそうにそれを飲んだ。

「……さっきよりはだいぶマシだ」

結果的に、吐いたことが回復を早めたと察したのか、エリーはバツが悪そうに「……助かった」と小声で呟いた。

――へぇ、案外素直なところもあるんだ。

店での傲岸不遜《ごうがんふそん》ぶりが印象に残っていたので、少しだけ可愛いなと思ってしまう。

「帰る手段、ないんだろ？　もう夜中だけど、家族に連絡して迎えに来てもらえば？」

「家族か……」

と、なぜかエリーは遠い目をする。

「ここしばらく、顔も見ていないな。両親は元々私には関心がないし、どちらも多忙で、あちこち飛び回っていて今はロスにはいないはずだ」

「……そうなんだ」

それ以上立ち入ったことを聞くのもはばかられ、火玖翔は言葉を濁《にご》す。

女性にハニートラップを仕掛けられるほどの有名人らしいが、その家族環境は少々複雑なようだ。

さて、どうしたものかと腕組みして思案していると、ふとエリーの視線を感じる。

「なに？」

「いや……店と、だいぶ雰囲気が違うなと思って」

「今は店の客じゃないし、俺も仕事中じゃないから敬語は使わないよ」

一見するとクールビューティーに思えるらしいが、その実かなり気が強い火玖翔は、外見とのギャップがあると言われ慣れているので、またかという感想だった。

父がハワイ生まれのアメリカ人だったので、名前をつける時にハワイ語で『星』を意味するホクとつけたいという話になり、日本語の当て字で『火玖翔』と名づけたらしいが、外見のクールさと裏腹な熱さは、名前に火が入っているからかもしれない。

と、その時。

火玖翔は唐突に目眩を感じ、とっさに傍らのテーブルに片手を突いて身体を支えた。

ひどく、頭がクラクラする。

酸欠のような感じで、火玖翔は無意識のうちにシャツの首許のボタンを外す。

身体が妙に熱くなって、いてもたってもいられない気分だ。

普段は隠し続けている首輪が露《あら》わになっても、気にする余裕がない。

――なんだ、これ……？

そこではっと、エリーのせいで抑制剤を飲んでいなかったことを思い出す。

もしかしたら、これはアルファの彼に接触したために発情期が誘発されてしまったのだろうか？

そう気づいた瞬間、血の気が引く思いがした。

「どうした？」

「……なんでもない。もう歩けそうなら、タクシー呼んで帰ってくれる？　明日も早いんだ。そろそろ休みたい」

まずい、彼とこれ以上二人きりでいたら、よくないことが起きそうで。

本能的に危機を察し、火玖翔は早口に催促する。

「タクシー代なら貸すから、いつか店に返しに来てくれれば……」

彼に背を向け、さきほど放り出した薬を探していると、エリーは緩慢な所作でベッドを下り、歩み寄ってきた。

なにをするのかと思っていると、部屋の電気を消し、彼がサングラスをテーブルに置く気配がして。

そして、ふいに火玖翔を抱き寄せ、その首筋に顔を埋めてくる。

「な……っ⁉　放せ……っ！」

反射的に逃れようと踠《もが》くが、

「すごく、いい匂いだ。その首輪といい、やはりきみはオメガだな？」

そう指摘され、火玖翔はぎくりと抵抗を止めた。

「私を見て、なにも感じないか？」

「……感じるって、なにを……？」

焦りながら彼を押し返そうとするが、その頑強な胸板はびくともしない。

そして、エリーは火玖翔を抱きしめたまま、続けた。

「私はきみが欲しい。初めて店で会った時から、ずっと気になっていた。きみだって、同じ気持ちだろう？」

耳許で囁《ささや》かれ、かっと頬が上気する。

まさに図星を指された気がしたからだ。

「た、大した自信だなっ、そりゃあなたはイケメンかもしれないけど、誰でもなびくと思ったら大間違いだぞ⁉」

「いいね、鼻っ柱が強いのは攻略し甲斐がある」

「くそっ……！　助けてやったのに、そのお返しがこれか⁉」

「だからさ。お礼にたっぷり楽しませてやるよ」

「そんな恩返し、いるか！　放せったら……！　ぁ……っ」

抗う間もなく、あっという間に唇を塞がれ、火玖翔は硬直した。

「ぁ……ふ……っ」

逃れなければ、と頭で考えていても、身体がなぜか動かない。

為す術もないうちに、彼に思うさま口腔内を蹂躙《じゅうりん》されてしまう。

「……ん……っ」

生まれて初めてのキスは、想像していた以上に甘美なものだった。

ようやく解放されても、しばらく茫然自失《ぼうぜんじしつ》状態の火玖翔に、彼がふと笑う気配がする。

「きみは頭が固そうだな。たまには理性を捨てて、欲望のままに一夜を過ごしてみたらどうだ？」

「ふざけるな……っ、帰らないなら、警察を呼ぶぞ……っ!?」

往生際悪く踠き、火玖翔はなんとかして暗闇の中、手探りでテーブルの上の抑制剤を取ろうと手を伸ばす。

するとエリーがその手を取り、甲に口づけた。

「抑制剤なんか、飲むのか？　このまま流されて私を受け入れたら、今までとは違う世界が見えるかもしれないのに？」

まるで恋人のように、指先を絡められ。

たったそれだけで、全身に電流のような法悦《ほうえつ》が走った。

「ぁ……んっ」

駄目だ、もう抑えきれない。

身体が暴走し、振り絞った理性をもってしても止められなくて、火玖翔はただ喘《あえ》ぐことしかできなかった。

エリーを押し返そうと突っ張っていた腕は、いつしか彼の背に回され、縋《すが》りついている。

すると、エリーがふっと耳許で笑う気配がした。

「もう身体が言うことを聞かないようだな。本能に流されている姿も、可愛い」

「……うるさいっ、やるならさっさとやって……」

帰れ、と叫ぼうとした言葉は、再びエリーの唇によって塞がれる。

「ん……っ」

そこから先のことは、既に記憶が曖昧だった。

まるで熱に浮かされたように、ただ目の前の彼が欲しくてたまらない。

貪欲に彼を求め、喘ぎ、さぞ痴態を晒《さら》してしまっただろうが、それすら憶えていないほど夢中だった。

「……名前は？」

互いに荒い呼吸の下で彼に問われ、名前も知らない相手とセックスしているのか、と少しおかしくなる。

そういえば、顔もろくに見ていない。

「……別に、知らなくても……困らないだろ……っ」

どうせ、今だけの関係なのだから。

よけいな話は必要ないと、火玖翔は彼の首に両手をかけて引き寄せ、その唇を塞いで黙らせる。

ベッドの上で、四肢を絡め、上になり、下になり。

どこからが相手で、どこからが自分かすらわからないほど激しく求め合う。

「ぁ……ぁ……っ」

何度、果てたのかすら憶えていない直後、エリーは火玖翔を四つん這《ば》いにさせると、その項に唇を押し当ててきた。

人前では決して外したことがない首輪が、いつのまにか床に落ち、じかに彼の唇が触れたことで、ようやく意識がはっきりしてくる。

「きみに、つがいの印を刻みたい。いいな……？」

「だ、駄目……っ、それだけは……っ」

「どうして？　私たちは、こんなに相性がいいのに」

もう、我慢できない。

そう耳許で囁かれ、ぞくりと肌が粟立《あわだ》った。

「ぁ……あぁぁ……っ！」

彼の歯が、項に食い込む感触で、火玖翔は何度目かの絶頂へと強制的に導かれていた。


閉めるのを忘れ、開け放しだったカーテンから眩《まぶ》しい陽光が差し込んできて、火玖翔は無意識に眉をひそめる。

覚醒直後は寝起きでしばらくぼんやりしていたが、やがて自分が全裸だったことに気づき、ベッドの上で跳ね起きた。

「痛……っ」

下半身の違和感と、全身がグズグズに砕けてしまいそうな倦怠感《けんたいかん》。

さらに、胸許に噛み痕やらキスマークやらが大量に残されていて、ひどい有り様だ。

それが昨晩の出来事をいやでも思い出させて、火玖翔は両手で頭を抱えた。

——なんてことをしてしまったんだ……俺はっ。

今まであれほど、オメガとしての自分を受け入れられずに恋愛を拒み続け、アルファを避け続け、日本まで脱出したというのに。

あろうことか、行きずりの相手と、一夜を共にしてしまうなんて。

まさに人生最大の後悔と共に始まった、最低最悪の気分な朝だった。

今までアルファには何人か遭遇してきたが、こんな風に自分を制御できなくなったのは初めてのことだったので、動揺が隠せなかった。

ベッドの上で茫然自失状態で固まっていると、バスルームの方から物音がして、火玖翔はびくりと反応する。

——あいつ、まだいたのか……⁉

慌てて床に落ちていた自分の下着や服を掻き集め、軋《きし》む身体でなんとか身につけ、デニムを穿きシャツを羽織ったところで、エリーが寝室に戻ってきた。

どうやら火玖翔が眠っている間に、勝手にシャワーを浴びてきたらしい。

「シャワー借りたぞ。あと、タオルも」

無意識のうちにシャツの前を押さえながら、こいつ、勝手に、と文句を言ってやろうとして、火玖翔は違和感に気づく。

黒髪だったはずの彼の髪が、いつのまにか金髪になっていたのだ。

「あ、あんた……その顔……っ⁉」

朝の陽光の下、初めてまともに彼の顔を見て、火玖翔は思わず息を呑《の》む。

輝くような、蜂蜜《はちみつ》色の金の髪にコバルトブルーの瞳。

神が殊更丹念に時間をかけて製作したのではないかと邪推するほどの、完璧なまでに整った美貌。

それはバイトにかまけてテレビなどあまり観る時間のない火玖翔ですら、街中の広告などで見かけたことがある、よく見知ったものだった。

「……まさか、あんた……あのエリアス・ミラー……なのか？」

エリアス・ミラー。

まさに今をときめく、気鋭の若手ハリウッド俳優。

彼の父、ロバートと母メリッサも、主演映画が山ほどあるハリウッドスターで、二十数年前に二人が結婚を発表した時にそれは大層な騒ぎだったと伝説になっているほどだ。

そんな、ゴージャスなハリウッドセレブの両親の許に生まれた、正真正銘のサラブレッド。

彼自身もかなり幼い頃から子役としてその名を知られており、今もテレビドラマや映画を中心に俳優として活躍している。

確か、今は二十四歳で、火玖翔より二つほど年上のはずだ。

「夜遊びする時は、いつも変装している。でないと、ハイエナどもが群がってくるからな」

いかにも傲岸不遜な態度で言い放ち、エリアスは唇の端だけで笑ってみせる。

「電話、借りるぞ」

と、あっけに取られている火玖翔が返事をするより早く受話器を取り、エリアスはいずこかへ電話をかけた。

「……私だ。財布とスマホをなくしたから、迎えの車をよこしてくれ。住所は……」

電話を終えたエリアスは、警戒心丸出しの猫のような火玖翔を振り返る。

「私もつい夢中になってしまって、手加減してやれなくて悪かった。慣れてなさそうだったが、初めてだったのか？」

一番触れられたくない部分に無遠慮に触れられ、火玖翔はかっと頬が上気する。

「しかし、ゆうべはすごかったな。あんなに燃えたのは久々だ。きみも、一見クールビューティーなのに、思いのほか可愛らしくて……」

「わ〜〜っ!! やめろ！ それ以上言ったらぶちのめす……！」

赤裸々に感想を述べられ、火玖翔はその場に穴を掘って埋まりたい気分になる。

「と、とにかく……！ すべて発情期のせいで、どうかしてたんだ。ゆうべのことは忘れて、さっさと帰ってくれ……！」

「なにを怒ってるんだ。落ち着けよ」

言いながら、エリアスが悠然《ゆうぜん》と着替え始めたので、火玖翔は慌てて背中を向けた。

着替え終えると、エリーは電話のそばにあったメモ帳になにかを走り書きし、差し出してくる。

「私のプライベートの番号だ。誰にも教えるなよ。今日は、夕方まで撮影が入っている。夜少し遅くなるが、また来るから部屋にいろ」

「……は？」

至極当然のごとく言われ、火玖翔は言葉を失う。

——こいつ、いったいなに言ってんだ？

エリアスの思考回路が謎過ぎてフリーズしていると、エントランスのインターフォンが鳴る。

「思ったより早かったな」

すると、エリアスが勝手にエントランスのロックを解除する。

しばらくして、玄関のチャイムが鳴るとドアを開け、客人を部屋に招き入れてしまった。

「ちょ、ちょっと……！」

また勝手なことを、と火玖翔が文句を言うより先に、来訪者はドアが開くなり、「連絡が取れなくて、心配したんですよ⁉」とエリアスに噛みついたので、割って入るタイミングを失ってしまった。

「そう怒るな」

来訪者は三十代前半くらいの、少し気弱そうな眼鏡をかけた赤毛の男性で、恐らくエリアスのマネージャーなのだろう。

一晩行方不明だったエリアスを案じて顔面蒼白だった彼を、エリアスは適当に宥《なだ》め、耳打ちして彼からなにかを受け取る。

それは小切手帳だった。

ペンを手に、エリアスは歩きながらそれにサインし、火玖翔に「いくらくらいが妥当だ？」と尋ねた。

「……は？」

「ゆうべは世話になったからな。遠慮なく金額を言ってくれ」

そこでようやく、一晩おまえを買った料金を支払うと言われているのだと理解し、火玖翔は無意識のうちに渾身《こんしん》の拳《こぶし》をエリアスの腹にぶち込んでいた。

「ぐ……うっ……！」

手加減なしの拳をまともに食らい、強靭《きょうじん》な腹筋を持つエリアスもさすがに呻いている間に、彼の上着を取ってきて部屋の外の廊下へ放り投げる。

「いきなり……なにするんだ⁉」

訳がわからないといった様子のエリアスを、氷点下の眼差しで見据え、一言。

「顔を避けてやっただけ、ありがたいと思え」

力ずくでエリアスとマネージャーをアパートメントの廊下へ追い出し、最後に「もう二度とその面見せるな」と言い捨て、ドアを閉める。

「おい、なにをそんなに怒ってるんだ？」

心底不思議そうな声がまたムカつくが、頑《かたく》なに無視を決め込んでいると、「エリアス、騒ぎになるとまずいですよっ」と慌てるマネージャーの声が聞こえてきた。

やがて、マネージャーに説得されたのか、エリアスの声は聞こえなくなる。

ちゃんと帰ったかどうか確認するため、こっそり窓からアパートメントの前の様子を窺うと、道路に停めてあったマネージャーの車の後部座席に乗り込もうとするエリアスの姿が見えた。

その直前、彼が火玖翔の部屋の窓を見上げ、一瞬目が合ったので、急いでカーテンを閉める。

——あの野郎……人を馬鹿にしやがって……っ。

金で言いなりになる相手だと軽んじられたことが、許せない。

悪い犬にでも嚙まれたと思って、忘れてしまおう。

そう誤魔化しかけ、いや、ゆうべは完全に合意の上での出来事で、自分も望んでしたことだったと反省する。

今まで発情期は抑制剤で、難なくコントロールできていたはずなのに。

たった一度飲み損ねたくらいで、ああも理性を失うとは思わず、火玖翔は困惑した。

とにかく一刻も早くシャワーを浴びたくて、急いでバスルームで服を脱ぐと、洗面所の鏡に自分の姿が映るそこで初めて、胸許だけではなく、それこそ全身にエリアスが刻んだ無数のキスマークと噛み痕が残されていたことを知り、愕然《がくぜん》とした。

それは、今まで見たことがないくらい扇情的な自身の裸体で、思わず目を逸らしてしまう。

が、火玖翔はそこではたと重大なことを思い出す。

慌てて合わせ鏡で確認してみると、案の定項にもくっきりとエリアスの歯形が残されていた。

無我夢中のうちに、つがいの印まで刻まれてしまったのは、朧気《おぼろげ》ながら意識があったが、やはりあれは現実だったのか。

全身から血の気が、一気に引いていく音が聞こえたような気がした。

——どうしよう……。

愚かにも、人生最大の過ちを犯してしまったとどれだけ悔いても、あとのまつりだ。

すべてをなかったことにしたくて、全身を洗いまくり、頭を冷やすために冷たいシャワーを浴びる。

動揺がじょじょに治まってくると、今度はとてつもない後悔が襲ってきた。

今まであれだけ頑なにアルファを遠ざけ、項を守り抜いてきたはずなのに。

いくら抑制剤を飲み忘れていたとはいえ、なぜああも理性を失い、あの男だけは拒否することができなかったのだろう……?

まさか、彼が言ったように、自分たちの相性がよかったからなのだろうか……?

そこまで考え、慌てて首を横に振る。

——そんなバカなこと、あるはずがないっ。たまたま発情期と重なって、運が悪かっただけだ。

アルファは複数のオメガとつがいになることができるが、オメガは一人のアルファとつがいになると、ほかの相手とは一生つがいになれなくなる。

なので、それほど項を許すというのは重大なことなのだ。

――でも、俺は結婚する気もないし、この先アルファと恋愛する気もないんだから、べつになにも問題ないよな……？

無理やり、そう自分に言い聞かせる。

一度アルファに噛み痕をつけられると体質が変化し、ほかのアルファにはオメガ特有のフェロモンが通じなくなる。

なので、誰かとつがいになった後は、ほかのアルファに追い回されることがなくなるので、煩わしい首輪はもう必要なくなるのだ。

火玖翔は、床に落ちたままだった首輪を見つめ、それをゴミ箱へ捨てた。

今後、エリアスのそばにいれば定期的に発情期は訪れるだろうが、距離を置いて会わずにいれば、それも来なくなる。

ましてや、相手は住む世界が違う、いわゆる雲の上の人だ。

もう二度と会うこともないだろう。

恋愛も結婚もする気がなかった自分にとって、このアクシデントは不幸中の幸いだったのだ。

そういうことにしておこう。

火玖翔は、あの男の記憶を封印し、すべてを忘れることに決めたのだった。

軋む身体を押して、普段通りバイトをこなし、夕方部屋へ戻ると、まるでなにごともなかったかのようにエリアスから電話があった。

『私だ』

その傲岸不遜な物言いが癇に障り、火玖翔は眉間に縦皺《たてじわ》を刻む。

電話番号など教えていないのに、と思ったが、彼がマネージャーに家の電話からかけたことを思い出す。

その時の着信番号にかけているのだろう。

火玖翔は、腹の底から冷ややかな声を出した。

「……どちらへおかけですか？　番号違いです」

『今日行くと言っただろう。これから向かう』

なんと、腹に一発食らっておきながら、大した面《つら》の皮の厚さだ。

「来たら、警察に通報します」

『いったい、なにを怒っている？　さっぱりわからん』

と、当人は金で火玖翔を買おうとしたことをまるで悪いと思っていないと判明し、さらにあきれてしまう。

「とにかく、あなたのことなど知りませんので、もう二度と連絡してこないでください。迷惑です」

けんもほろろにそう宣言し、電話を切る。

それから何回か着信があったが、着信拒否設定し、完全無視を決め込んだ。

これで、綺麗さっぱりなかったことにできる。

ところが、運命は火玖翔にひどく残酷だったのだ……。


「ホクト、酢飯を冷ましておいてくれないか」

「はい」

ホールの手が空いたところで、店長にそう頼まれ、火玖翔は炊きあがった白飯を手際よく寿司桶《すしおけ》へ移す。

人生最悪のあの事件から、約二ヶ月。

いよいよこの店でのバイトも終わりに近づいていて、火玖翔は最後の恩返しで仕事に精を出していた。

慣れている作業で、いつもならまったく問題ないのだが、その日は妙に炊きたてのご飯の匂いが鼻についた。

それでも我慢してしゃもじで飯を切るように混ぜ、寿司酢をかけたところで、堪えきれないほどの吐き気が襲ってくる。

「うっ……」

たまらず、口許を押さえてトイレへ駆け込んでしまった。

何度かえずき、少し胃の中のものを吐いてようやく治まってくる。

しばらく動けずにいると、心配した店長が様子を見にやってきた。

「どうした？」

「な、なんでもありません……ちょっと、気分が悪くて」

「風邪か？　店は落ち着いてるから、帰った方がいい。ちゃんと休めよ？」

「……すみません」

万が一胃腸風邪だったりした場合、店に迷惑がかかるので、ここは店長の言う通り早退させてもらうことにした。

漠然とした気分の悪さを引きずりながら私服に着替え、家に帰ろうとして、立ち止まる。

——まさか……違うよな……？

一瞬頭をよぎった想像を、慌てて振り払う。

だが、エリアスと一夜を共にしてから、約二ヶ月。

最悪なことに、計算は合う。

しばらく逡巡《しゅんじゅん》したが、結局火玖翔はその足で、普段抑制剤を処方してもらっている大学病院へ向かった。

「おめでとうございます、妊娠八周目に入ってますね」

検査の後、担当医からそう告げられ、目の前が真っ暗になる。

「妊娠……ですか……」

まだ我が身に起きたことが信じられず、茫然自失状態だった。

ショック過ぎて、病院からどうやって家まで辿《たど》り着いたのか、正直記憶がない。

――どうしよう……。

既に就職が決まっていたのに、とんでもないことになってしまった。

ようやくじわじわと現実が実感できるようになると、次に途方もない不安が火玖翔を襲ってきた。

無理だ、オメガである自分を受け入れられないでいるのに、子どもを産むなんて。

ましてや相手は、あのエリアス・ミラー。

ハリウッドスターの子を産むなんて、今後どんなトラブルに巻き込まれるかわかったものではない。

頭では、産めない理由をあれこれ考え、堕胎《だたい》するしかないという結論に導く。

だが、自分の胎内に宿ったこの命を葬ることが、本当にできるのか……?

檻《おり》に閉じ込められた熊のように、無意味に室内を徘徊《はいかい》し続けていた、その時。

突然スマホが鳴り出し、火玖翔はびくりと反応する。

待ち受け画面を見ると従兄《いとこ》の晃宏《あきひろ》からだったので、すぐに出た。

「もしもし、晃宏?」

『久しぶり、今少し話せる?』

いつも通り、のほほんとした従兄の声が聞こえてきて、少しほっとする。

晃宏は、火玖翔の母親の兄、すなわち伯父にあたる延雄《のぶお》の一人息子だ。

父を早くに亡くしたので、女手一つで火玖翔を育てなければならなかった母は、実家を継いだ兄夫婦の許に一時厄介になっていたこともあり、少年時代の火玖翔は晃宏と共に成長した時期もあったのだ。

母を亡くした後、留学までの間も実家に居《い》候《そうろう》させてもらっていたので、そのせいか、晃宏とは実の兄弟のように仲が良いとよく言われる。

従兄の晃宏は、既に親兄弟のない火玖翔にとって、とても大事な存在なのだ。

「元気だった？　皆、変わりない？」

『祖母ちゃんも父さんたちも、元気過ぎるくらいだよ。火玖翔は？　そっちは今、夜だよな？　俺は今、お昼休憩中』

甘党の晃宏は、最近お気に入りのデザートだというチョコレート菓子の名を挙げ、『ロスでは売ってないだろうから、そのうち送ってやるよ』と言った。

妙に勘がいいところがあるこの従兄は、なぜか火玖翔が落ち込んでいる時やつらいことがあった時など、まるで見透かしたかのように電話をかけてくることがあるのだ。

今は、晃宏の声が聞けて救われたと火玖翔は感謝する。

久しぶりに、日本語で話せるのも嬉しかった。

『どうした？　なんだか元気ないな？』

「……そんなことないよ。大丈夫」

『本当か？　火玖翔はいつも、なんでも一人で解決しようとして限界まで我慢するからな。助けが必要な時はちゃんと言えよ？』

「……ありがとう、晃宏」

予期せぬ妊娠で悩みに悩んでいただけに、優しい言葉が胸に染み入って、言葉に詰まる。

すると、やはり火玖翔の様子がおかしいと感じたのか、晃宏が続けた。

『外国に一人で暮らすのはなにかと大変だし、心労もあると思う。つらいことがあるなら、思い切って日本に帰ってこいよ。俺や、父さんに母さん、それに祖母ちゃんもいるんだから。俺は火玖翔もうちの家族の一員だと思ってる』

「晃宏……」

『大変なら、一人で頑張らないで助けてって言えよ。俺たちにできることなら、なんでもするからさ』

「……そうだな。日本に、帰ろうかな」

深く考えずにそう口に出してみると、思いの外それが一番いいような気がしてきた。

そのまましばらく雑談した後、晃宏からの電話を切る。

そして火玖翔は、そっと右手を下腹に当てた。

今ここには、確かに新しい生命が宿っているのだ。

——家族か。

晃宏の言葉は嬉しかったが、伯父一家にそこまでは甘えられない。

だが、思いがけず授かったこの命は、これから先の人生で確かに自分の家族になるのだ。

両親を失い、家族の縁に薄い人生を送ってきた火玖翔にとって、それは驚異的なことだった。

だが、むろんすぐに結論は出せず、その晩はなかなか寝つけなかった。

数日、さんざん悩みに悩んで、結局火玖翔は授かった子を産む決意を固めた。

そうと決めたからには行動は素早く、就職が決まっていた企業には事情を話して謝罪し、内定を辞退する。

晃宏や伯父一家にも、相手の名は言えないとしながらも、電話で事情を説明した。

日本に戻って出産し、一人で育てるつもりだが、助けてもらうこともあるかもしれない、その時はどうかよろしくお願いしますと頼むと、多少驚きはしたものの、伯父一家は快諾してくれた。

ロサンゼルスでエリアス・ミラーの子を出産するにはリスクが大き過ぎる。

万が一を考え、トラブルを回避するために、日本で極秘に出産することにしたのだ。

念のため、バイト先の仲間たちには妊娠を隠したまま急な事情で帰国する旨《むね》を伝え、辞めさせてもらったが、皆残念がってくれた。

こうして、妊娠が発覚してからわずか一ヶ月ほどですべての手続きを済ませ、火玖翔は四年ぶりに日本の地を踏んだのだ。

今までロサンゼルスで築き上げてきた将来もなにもかも捨て、お腹の子のために生きると決め。

そして……瞬く間に四年の月日が過ぎていった。

◇　◇　◇

「凛乃《りの》～、そろそろ出かけるよ。ハンカチ持った？」

キッチンで慌ただしく弁当を詰めながら、火玖翔はそう声をかける。

すると、私服に保育園の帽子だけ被った息子の凛乃が、キッチンへ走ってやってきた。

今年三歳になる凛乃は、輝くような金髪の巻き毛に青い瞳で、背中に白い羽が生えているのではないかとときどき錯覚するくらい、まさに天使のように愛らしい外見をしている。

「もった！　おぼうしも、かむった！」

「よし、後は上着だね」

言いながら、しゃがんだ火玖翔は保育園のスモックを着せ、ボタンを留めてやる。

「今日のお弁当のおかずは、凛乃の好きなハンバーグだよ」

「やったぁ！　りの、ホクたんのはんばぁぐだぁいすき！」

ぱぁっと花が咲くような、愛らしい笑顔の奥に、『彼』の面影を見てドキリとした。

──なんだか日に日に、あいつに似てくるな……。

父親と瓜二つと言っていいほどの、整った顔立ちと、その金髪碧眼《へきがん》は、日々成長するごとにあの男、エリアス・ミラーを思い出させた。

もっとも、あの悪魔のように無礼で傲岸不遜な男より一億倍、うちの凛乃の方が可愛い。

内心でそうこき下ろし、火玖翔は壁の時計を見上げて青くなった。

「まずい、遅刻する！　凛乃、急ぐよ！」

「わかった！」

そこから超特急でナプキンに弁当箱を包み、保育園バッグに入れる。

凛乃の身支度を済ませ、最後に自分のスーツの上着を羽織って、二人はアパートの部屋を出た。

自転車の後ろに設置したチャイルドシートに、ヘルメットを被せた凛乃を乗せ、近所にある保育園までかっ飛ばす。

無事凛乃を預けると、そのまま最寄り駅まで自転車を飛ばし、なんとかギリギリの電車に滑り込んだ。

今日入っている仕事は、企業関係の同時通訳の仕事だ。

何度か依頼を受けている担当者なので、気は楽だった。

今日はお堅《かた》い現場だったのでスーツ姿だが、普段着でいい場合も多い。

仕事を終え、少し余裕があったので、そのまま近くにあるお世話になっている通訳エージェントの『田岡《たおか》ワークス株式会社』へ立ち寄る。

「お疲れさまです、森田《もりた》エンジニアリングさんのお仕事、終わりました」

「おお、お疲れ！　ちょうどよかった、今きみに電話しようと思ってたとこだったんだよ！」

と、社長の田岡はなぜかひどく興奮ぎみだ。

「どうしたんですか？」

「大きい仕事が舞い込んできたよ！　M&Rピクチャーズが、来年日米合作映画を公開するらしいんだけど、その撮影が東京であるんだって。先方は留学経験のあるきみをご希望なんだ」

田岡からざっと話を聞いたところによると、東京での撮影期間は約三ヶ月間。

その間、日本語がわからない俳優やスタッフたちの現場での通訳が欲しいと、オファーがきたようだ。

提示されたギャラは破格だったので、受けたいのは山々だったが。

「でも、映画の撮影現場だと時間不規則ですよね？　俺、凛乃のお迎えが……」

凛乃の子育てを最優先にしている火玖翔は、原則として夕方六時には保育園へ着ける仕事でないと受けないことにしている。

真っ先にそれを心配したが、田岡の返事は「大丈夫、一応確認したけどその辺は融通を利かせてくれるらしい」とのことだった。

帰国して、約四年。

TOEICとTOEFL、どちらも高得点を出していてロサンゼルスでの留学経験もあり、ほぼネイティブな英語を完璧に話せる火玖翔は、若いながらリピーターの顧客も多く、フリーランスの通訳としての仕事もなんとか軌道に乗りつつあった。

今は凛乃がまだ小さいので、現場では九時五時で終わる仕事しか受けられない。

その分、在宅でできる翻訳の仕事なども平行して受けており、夜に凛乃を寝かしつけた後や仕事がない日にも合間を縫ってできるので重宝している。

子育てが一段落したら、将来的には外国人観光客の通訳ガイドの仕事もできるよう、国家試験である通訳案内士の資格も取得しようと考えている。

子育てには、なにより先立つものが必要だ。

凛乃の将来のために、今は少しでも貯金をしておきたかった。

「なんとか引き受けてもらえないかな？　なにかあったら、こっちでもできるだけサポートするからさ」

恩がある田岡に重ねてそう頼まれると、いやとは言えない。

「でしたら……よろしくお願いします」

多少の不安はあったものの、フリーランスの通訳にとって、かなり魅力的な仕事であるのは間違いないので、火玖翔はためらいながらも引き受けることにした。

「そうか、助かるよ。なんたってきみはうちの期待の星だからね！」

なぜか田岡は終始テンション高めで、そんな風に火玖翔を持ち上げてくる。

「そんな、俺の方こそ、育児でいろいろ制約のある俺なんかを雇ってくださって、社長には本当に感謝してるんです。これからもよろしくお願いします」

実際、帰国してからすぐ通訳の仕事を探し始めた火玖翔だったが、オメガでしかも妊娠中の身ということで、なかなか見つからずに苦戦したのだ。

そこを拾ってくれたのが、田岡だった。

出産ギリギリまでは現場で働いて、産後しばらくは在宅でできる翻訳の仕事を回してくれたりと、いろいろ配慮してもらったので、火玖翔は彼に心から感謝していた。

――――よし、社長のためにも頑張ろう！

映画関係の仕事は初めてだが、今後のためにもいい勉強になると火玖翔は張り切った。

「ただいま、凛乃！」

「おかえり、ホクたん！」

息せき切って辿り着いた実家のインターフォンを押すと、中から晃宏と凛乃が出迎えてくれる。

今日はどうしても外せない仕事で遅くなったので、あらかじめ晃宏に凛乃のお迎えを頼んでいたのだ。

「マジで助かった。ありがとな、晃宏」

せめてものお礼にと、駅前で買ってきたシュークリームの箱を差し出すと、甘いもの好きな晃宏が笑顔になる。

「なんの。俺は時間の自由が利く自営だからな。それより早く上がれよ」

晃宏に促され、玄関でスリッパを履《は》いていると、エプロン姿の義理の伯母、恵理子《えりこ》がキッチンから顔を出す。

「おかえりなさい、火玖翔くんの分も晩ご飯用意しといたから、食べていきなさい」

「……いつもすみません、伯母さん。ありがとうございます」

「いいのいいの、うちの人も遅いんだから」

恵理子の夫、つまり火玖翔の伯父である延雄は丸の内《まるのうち》に通うサラリーマンなのだが、接待や残業が多いらしく、まだ帰宅していないようだ。

祖母と伯父夫婦、それにその息子の晃宏が暮らしているのは、台東区《たいとうく》にあり築五十年になる昔ながらの二階建て民家だ。

都内にしては物価も安く、暮らしやすい地域だし、火玖翔にとっては母が亡くなるまで一緒に住んだ故郷だったので、帰国して再び母の実家近くに部屋を借りることに決めたのだ。

実際、こうしてやむを得ない急な仕事の時、凛乃を預かってもらえるので本当に助かっていた。

火玖翔がスーツの上着を脱ぎ、洗面所で手を洗っていると、二階から祖母が下りてくる。

「あら、おかえり、火玖翔」

「お邪魔してます、祖母ちゃん」

祖父には十年ほど前に先立たれ、現在七十半ばになる祖母の範子《のりこ》だが、姿勢もよく若々しいので、とても年齢には見えない。

伯父夫婦と同居し、日々フラダンスなどの習い事をして老後を楽しんでいるようだ。

「あらあら、そこはただいまでいいのよ。ここはあなたと凛乃の家だと思ってって、いつも言ってるでしょ？　早くいらっしゃい。今日の筑前煮《ちくぜんに》はおいしくできたのよ」

世話焼きの祖母は、いそいそとキッチンへ向かい、火玖翔のために味噌汁を温め直してくれた。

「いただきます」

心尽くしの手料理をありがたくいただいていると、凛乃がダイニングにやってくる。

「りの、ばぁばとおりがみしたい」

「いいわよ。なにを作ろうか？」

と、祖母が凛乃を膝の上に抱き、慣れた手つきで一緒に折り紙を始めた。

凛乃は実家でもアイドルで、皆が可愛がってくれている。

火玖翔がゆっくり食事できるようにと、皆が気を遣ってくれているのもありがたかった。

遅めの夕食を食べ終えると、皆で火玖翔が買ってきたシュークリームをいただく。

幼児がこの時間に丸ごと一つは食べ過ぎなので、火玖翔は凛乃を膝の上に抱き、半分こして食べた。

「なるべく五時以降に仕事は入れないようにしているんですが、なかなかこちらの要望ばかり押し通すわけにもいかなくて。また凛乃のお迎えをお願いすることがあるかもしれませんが、その時はよろしくお願いします」

と、火玖翔はぺこりと頭を下げる。

「相変わらず他人行儀だな、火玖翔は。俺たちは親戚なんだから、そんな気を遣わないで、どんどん頼ればいいんだよ。皆、凛乃のことはうちの子も同然って思ってるんだからさ」

「晃宏……」

「そうよ、なんだったらうちで皆と一緒に暮らせば、火玖翔くんもお仕事しやすくなるんじゃない？」

恵理子が言うと、祖母も晃宏もうんうん、と頷く。

「そ、そこまで甘えられないですよ。本当に、お気持ちだけで充分です」

まさか甥っ子の自分が子連れで母方の実家に居候などできるはずもないので、火玖翔はこうしていつも丁重にそのありがたい申し出を固辞するのだった。

「でも凛乃くんも、もうすぐ三歳になるのね。なんだかあっという間だったような気がするわね」

と、恵理子がなにげなく言うと、祖母は昔を懐かしむような、遠い目をする。

「火玖翔が急に帰国して、いきなり子どもを一人で産むって言い出した時には、そりゃあもう皆で驚いたけど、凛乃はとってもいい子に育ってるし、なんとかなるものなのね」

「……その節は、お騒がせしました」

当事者としてはあの頃は無我夢中だったが、確かに突然話を聞かされた方にとっては、まさに寝耳に水の出来事だっただろう。

あんなに思い切ったことができたのは、無鉄砲な若さのせいだなと自分でも苦笑する。

相手が行きずりのあんな男だったとしても、自分の胎内に宿った命を葬り去るなんて、とてもできなかった。

そして、その決断は間違っていなかったと、今は思える。

凛乃は自分にとって、なにものにも替え難い宝物なのだ。

「いろいろ大変なこともありますけど、なんだろう……凛乃の笑顔とか、眠ってる時の顔を見てるだけで、その日あったいやなこととか忘れられちゃうんですよね」

「あ、それすごいわかる」

子育て経験のある祖母と恵理子も共感し、「なんだよ、その感覚わかんないの俺だけかよ」と晃宏がぼやくので、皆で笑ってしまう。

両親はもうこの世にはなく、家族の縁は薄かったが、今自分にはこうして支えてくれる人たちがいる。

なにかあったら、いつでも頼れと言ってくれる。

それが、両親を亡くし肩肘張って生きてきた火玖翔にとっては、なによりありがたかった。

そして数ヶ月が過ぎ、社長に打診された『おいしい仕事』のことも忘れかけていた頃。

ついに撮影陣の来日予定が決まったらしく、火玖翔は田岡から彼らの出迎えを命じられ、スーツ姿で成田《なりた》国際空港へ向かっていた。

別件の仕事でバタバタしていたので、社長から詳しい話は聞きそびれていたのだが、通訳仲間たちの噂《うわさ》で聞いたところによると、まだ今回の映画のキャストは公開されていないので、極秘扱いらしい。

初めは複数人という話だったが、実際田岡ワークスに通訳として依頼がきたのは火玖翔一人だけというのも奇妙な話だ。

話を聞くとハリウッド映画の大作は、通常もっと演劇関係で有名な大手事務所に依頼がくるらしく、自分が誰の通訳をするのかもまだ知らされていないというのも奇妙だった。

まぁ、こんな大きな仕事を受けるのは初めてなので、映画業界とはこういうものかもしれないと納得し、火玖翔は無意識のうちにスーツのネクタイを締め直す。

先方は火玖翔がオメガだと承知の上だというので、それに関して特に問題はないだろう。

これから三ヶ月、忙しくはなるがかなりおいしい仕事だから頑張らなければ！　と気合いを入れ直した。

田岡からは、「プライベートジェット専用ゲートで出迎えるように」と言われていたので、そちらへ向かう。

撮影陣や監督は前日、既に普通の定期便の飛行機で来日しているというのに、一人だけ自家用ジェット機で遅れてくるなんて、よほど多忙な大物スターなのだろうか。

だが、そんな大物に名指しで専属を指名される憶えがまったくない。

なんとなく、重鎮の初老ハリウッドスターを想像しながら、ようやく時間になったので入国審査口へ出迎えに行った。

プライベートジェットで来日する客は専用ゲートがあり、入国審査に並ばなくていいので手続きがスムーズらしい。

田岡のところでも、そうしたＶＩＰ客の通訳の仕事もあるにはあるらしいが、火玖翔自身が担当するのは初めての経験なのでさすがに緊張する。

——あ、来た。

専用ゲート口から、大型カートに大量のスーツケースや荷物を載せた、付き人らしきスタッフたち数人を引き連れ、長身の男性がこちらへ向かって歩いてくる。

まだ日本での撮影は極秘のためか、スタッフらは俳優をさりげなくガードするように囲んでいるが、それでも当人のスターオーラは隠しきれない。

黒髪に派手なブランドのサングラスが視界に入った瞬間、ドクンと動悸《どうき》がし、いやな汗が一気に噴き出す。

まさか、そんなこと、あり得ない……！

だが、いくら変装しようとその美貌は見間違えようもないし、四年経ち、さらに男ぶりが上がったような気さえした。

茫然と立ち尽くす火玖翔にツカツカと歩み寄ってくると、この四年間、いやでも忘れることができなかった男が唇の端だけで笑ってみせる。

「やぁ、久しぶりだな。ホクト。四年ぶりの再会か？」

「……なぜ、あなたが……？」

やっとの思いで声を振り絞ると、エリー、いや、エリアス・ミラーは大仰《おおぎょう》に肩を竦《すく》めてみせる。

「愚問だな、私がきみを専属通訳に指名したからに決まっている」

「な……っ」

あまりに予期していなかった展開に、火玖翔は激しく動揺した。

――落ち着け、落ち着くんだ。

だが、（田岡には悪いが）決して大手ではない会社に所属している火玖翔を、わざわざ捜し出して仕事を依頼するなんて、きっとなにか裏があるに違いない。

そこまで考え、はっと脳裏に凛乃の笑顔が浮かんだ。

――もしかしたら、こいつ凛乃のことを知ってるんじゃ……？

彼の財力やコネをもってすれば、たとえ日本に帰国したとしても、火玖翔の身辺調査など容易《たやす》いものだろう。

それで凛乃を産んだことを知り、凛乃を取り上げる気で再び接触してきたのではないか？

そんな疑念が、火玖翔を支配する。

とりあえず、ここは敵の出方を見た方がよさそうだ。

彼の目論見が判明するまでは、最大限に警戒して当たらなければ。

そう自分に言い聞かせ、なんとか形勢を立て直した火玖翔は、営業用スマイルで故意に「初めまして」と挨拶《あいさつ》する。

「あなたとは初対面ですので、残念ながら人違いだと思います」

完全にエリアスの対応を無視し、初対面を装う火玖翔にめげることなく、エリアスは「四年前のパンチはなかなか効いたぞ」とからかいながら自身の引き締まった腹を片手で撫《な》でてみせた。

「私の身体には一億ドルの保険がかかっている。訴訟を起こされなかったことを、私に感謝すべきなんじゃないのか？」

「なんでも金で解決しようとするサイテー野郎の腹を、軽く撫でただけですが？」

カチンとして、すかさず嫌味で応酬してしまい、「やっぱり憶えてるんじゃないか」と言質《げんち》を取られ、しまった、と臍《ほぞ》を噛む。

どうやら、よけいな口は利かない方がよさそうだ。

「まぁ、きみのような乱暴者は、その辺のアルファにはとても手に負えないだろうからな。この慈悲深い私が引き取ってやってもいいが」

「は？　頼んでませんけど？」

――いったい、なに言ってるんだ、こいつは？

相変わらず失礼っぷりが天元突破《てんげんとっぱ》しているので、火玖翔はついまた応戦してしまい、これではいけないと深呼吸していったん自身を落ち着かせる。

と、そこへエリアスの背後に付き従っていた若い男性二人が火玖翔に黙礼してきた。

「マネージャーのロイと、私専属のボディガードのライアンだ」

エリアスにそう紹介されたロイは、三十代半ばのひょろりと長身で痩《や》せ形の男性だ。

眼鏡をかけていて、気弱そうな風貌だが、「三ヶ月よろしくお願いします」と笑顔で挨拶してくれた。

四年前のあの日、エリアスを迎えに来ていた彼を火玖翔は憶えていたが、ロイの方はまったく気づいた様子はないようだ。

軽く会釈してきたライアンは、三十代前半くらいの年頃で、エリアスと並ぶくらいの長身だ。

だがこちらは南米出身の元軍人とのことで、全身に筋肉の鎧《よろい》を身にまとっているため、かなりいかつい外見である。

「ホクト・ヨリタです。こちらこそよろしくお願いいたします」

エリアスに対して思うところはあるものの、関係者には笑顔で初対面の挨拶をする。

「あの、お二人はお知り合いだったんですか？」

まったく事情を聞かされていないらしいマネージャーのロイが、不思議そうにそう尋ねてきたので、火玖翔は食いぎみに「いえ、初対面です」と繰り返す。

ロイは、火玖翔と、明らかに人の悪い笑みを浮かべてそんな彼を観察しているエリアスを交互に眺め、「そ、そうですか……」と呟いた。

──とりあえず、仕事はちゃんとしなきゃ。

動揺を押し隠し、火玖翔はあらかじめ待機させておいたハイヤーに彼らを誘導する。

二台用意した車へ、ロイとライアンが大量の荷物を積み込んでいるうちに、火玖翔は小声でエリアスに詰め寄った。

「いったい、どういうつもりなんですか？」

「どうとは？」

サングラスを少しずらし、上目遣いに目線を合わせてきた、そのコバルトブルーのきらびやかな瞳は、四年前のあの夜となにも変わっていなくて。

思わず動揺し、火玖翔は目を逸らす。

「……惚《とぼ》けないでくださいっ。ほかに通訳はいくらでもいるのに、なぜよりによって俺に依頼してきたのかって意味に決まってるでしょう。俺のこと、調べたんですか⁉」

無作為に頼んで、たまたま自分に当たる確率など、それこそ宝くじに当たるより低いはずだ。

なぜそんなことを、と問い質そうとするより先に、エリアスがつと顔を寄せ、火玖翔の耳許で囁く。

「私と寝て、私の口座残高を減らさなかったのは、きみだけだからだ」

一瞬意味がわからなかったが、どうやら身体の関係を持った後、エリアスにおねだりし、金品を貢がせなかったから信用できると言いたいらしい。

「三ヶ月も行動を共にする通訳は、信頼できる相手に頼みたいからな」

と、エリアスが嘯《うそぶ》く。

――うっわ～、相変わらず性格悪っ！

傲岸不遜な性格は、四年経ってもまったく変わっていないようで逆に安心する。

「今にも断りたいって顔だな」

エリアスにそう揶揄され、その通りだよ、と内心毒づく。

せっかく帰国し、この男とはもう金輪際《こんりんざい》関わることはないと安心していたのに。

だが、ほとんど騙し打ちだったとはいえ、ここで断るとなると会社の信用問題にも関わる。

もっとも、エリアスは最初からそれを狙っていたに違いない。

――それに、こいつがなにを企《たくら》んでいるのか、そばで見張っていた方が対処しやすいしな。

彼が凛乃のことを知っているのか、いないのか、慎重に見極めなければ。

「……断りたいのは山々ですが、仕事として受けてしまった以上、やりますよ。会社にも迷惑がかかりますから」

「よし、決まりだ。それじゃ三ヶ月間、よろしく頼む」

朗らかに右手を差し出され、火玖翔は不承不承《ふしょうぶしょう》握手に応じた。

凛乃との平和な生活を守るためなら、なんでもする。

とにかく、敵をまずよく観察し、彼の真意を探るのだ。

「仕事の報酬は、遠慮なくいただきますので」

最後にそう皮肉で返し、火玖翔はのっけから努めて一線を引いて彼と接する宣言をしたのだった。

◇　◇　◇

こうして、火玖翔の新規の仕事が始まった。

三ヶ月間ほかの仕事は完全オフで、エリアス専属契約になっているため、毎朝彼が滞在しているホテルへ迎えに行き、撮影所へ同行する。

専属のスポーツトレーナーやお抱えシェフなど、エリアスが引き連れてきたスタッフはほかにも数人いるが、常に同行しているのはマネージャーのロイとボディガードのライアンくらいだ。

撮影所までは、日本側が用意してくれた運転手つきの車で向かう。

人目につかないようにとの配慮からか、ごく平凡な国産車で、エリアスは不満を言うかと思ったが、さすがにその辺はわきまえているようだ。

「おはようございます」

「おはようございます、よろしくお願いします」

帽子で金髪を隠し、サングラスとマスクで裏口から撮影所に入ってきたエリアスが姿を現すと、一瞬にして現場に緊張感が走る。

日本側スタッフも、今をときめくハリウッドスターに気を遣っているようだ。

今回、日米合作で製作するのは、来年公開予定の『片翼《かたよく》の蝶《ちょう》と骨《ほね》』。

エリアスの役柄は、型破りなＦＢＩ捜査官で、日本の堅物刑事とコンビを組み、アメリカと日本を股にかけた、連続猟奇殺人事件の謎を追う、といったサスペンスアクション物だ。

仕事に関係してくるので、火玖翔もあらかじめ渡されていた脚本を暗記するほど読み込んできたが、まるでジェットコースターに乗っているかのように展開が早く、つい時間を忘れて引き込まれてしまったので、きっと大ヒット間違いなしだと今から公開が待ちきれない。

——問題は、この男が大人しく仕事だけして、三ヶ月後後腐れなく帰国してくれるかどうか、なんだが……。

火玖翔はちらりと、出番待ちで台本に目を通しているエリアスの様子を窺う。

と、そこへスタッフを数人連れた監督がスタジオ入りしたので、現場の空気がぴりっと引き締まる。

この映画でメガホンを取る、デイビス監督は、そろそろ六十代に入るらしいが、とてもその年齢には見えない、潑剌《はつらつ》とした壮健な男性だ。

「ちょっと、いいかな？」

やってきた監督が、マネージャーのロイと今後の打ち合わせを軽くした後、日本側のスタッフと話したがっていたので、たまたまその場に居合わせた火玖翔が通訳した。

「ありがとう、助かったよ。ええと……」

「ホクト・ヨリタです。お会いできて光栄です」

デイビス監督の映画は、サスペンス、ミステリー、アクションと多岐《たき》にわたるジャンルで観客を飽きさせない展開の早さが特徴だ。

ロサンゼルスでの留学時代も、バイト代を貯めて彼の映画を観に行っていたほどファンだった火玖翔は、憧れの監督を前にいつになく緊張していた。

「私事で恐縮ですが、監督の大ファンです。特に『迷宮でまどろむ天使』が大好きで、映画館へは何回も通いました」

「それは嬉しいね。三ヶ月間、よろしく」

気さくに握手を求められ、火玖翔は半ば舞い上がりながらそれに応じる。

サインしようか？　と先方から言ってもらえたので、「いいんですか？」といそいそと脚本を差し出す。

この監督のサイン入り脚本は、一生の家宝にしようと思った。

すると監督は、少し離れた位置に立ってアメリカ側のアクション監督と打ち合わせをしているエリアスを親指で指し示した。

「なんでも、きみはエリアスが特別に手配した通訳らしいね。彼とは知り合い？」

「……いいえ、これが初対面です」

大ファンの監督にも嘘《うそ》をつくのは心苦しかったが、たった一度とはいえエリアスと肉体関係があったなどと知られては公私混同だと思われてしまう。

ここは意地でも、赤の他人で押し通そうと腹を決めた。

「そうか。きみはエリアス専属だから、てっきり旧知の仲かと思っていたよ。まぁ、なにはともあれ、うちの花形スターをよろしく頼むよ」

「こちらこそ、こうした現場には不慣れで、ご迷惑をおかけすることもあると思いますが、なにとぞよろしくお願いいたします」

監督の口ぶりでは、映画関係者用の通訳として雇った者が数名いるが、火玖翔のみエリアス専属という扱いらしい。

——やっぱり、なにか裏があるに違いない。

と、火玖翔はさらにエリアスへの警戒を強める。

すると監督が立ち去った後、なぜかエリアスがこちらへやってきた。

「監督に、サインをもらったのか？」

「ええ、すごく気さくでいい方ですね。俺、昔から大ファンだったんです」

嬉しくて、つい笑顔でそう答えると、なぜかエリアスは不機嫌そうに眉根を寄せる。

「なんです？」

「……どうしてもと言うなら、私もサインしてやってもいいが？」

「は？　いえ、けっこうです」

あっさり断ると、エリアスがこめかみをひくつかせた。

「なぜだ⁉　私のサインが欲しくないのか⁉」

「ええ、べつに」

「遠慮するなと言うのにっ、ほら、よこせっ！」

「ちょっと、やめてくださいよ」

モメていると、近くを通りかかったスタッフの不思議そうな視線を感じ、火玖翔は急いでエリアスから脚本を奪い返して距離を取る。

「俺たちは初対面って設定なんですから、馴れ馴れしくしないでくださいって、言ってるでしょう⁉　ホント迷惑なんでやめてください」

小声で抗議するが、エリアスは鼻先でせせら笑う。

「それはきみが勝手に決めたことで、私は同意した憶えはないな」

ああ言えば、こう言う。

相変わらずムカつく男だ、と火玖翔は内心舌打ちする。

「とにかく！　仕事以外では話しかけないでください、いいですね⁉」

「それは無理な相談だな。通訳とは、公私にわたり、日本滞在中そばにいてコミュニケーションを図る存在だ。こちらの生活に慣れてきたら、簡単な日本語も教えてもらうから、そのつもりでいるように」

「はぁ⁉　聞いてないですよ、そんな話」

「当然だ。今初めて言ったんだからな」

と、一方的に言いたいことだけ言って、エリアスはさっさとメイク直しに行ってしまった。

——この自己中男がぁ……っ‼

突然現れ、いったいどこまで人を振り回せば気が済むのか？

エリアスが現れてからはストレス倍増で、こうして火玖翔の、苛立ちを抑えるのに苦労する日々が始まったのだった。


「きょお〜のごはんはみぃとぼぉる〜みぃとぼぉる〜」

大好物のミートボールが夕飯と聞いて、保育園の帰り道、凛乃はご機嫌で自作のお歌を披露してくれる。

「おににりも、あるんでしょ？」

「そうだよ。凛乃の大好きな混ぜご飯のおにぎりだよ」

凛乃はご飯が大好物で、特におにぎりにしてやると大喜びなのだ。

まだ舌がうまく回らないのか、「おにぎり」を「おににり」と言ってしまうところはご愛敬だ。

「やったぁ！　みぃとぼぉるにおににり〜。ホクたんも、いっしょにうたって〜」

「はいはい」

自転車を漕《こ》ぎながら、凛乃に合わせて一緒に歌う。

凛乃も三歳になり、だいぶ意思疎通ができるようになった。

火玖翔が仕事で疲れて帰った時など「だいじょぶ？」と労《ねぎら》ってくれたりするし、親の贔屓目《ひいきめ》を抜きにしても優しい子に育ってくれたと思う。

自他共に認めるほど、性格はきつめの火玖翔だが、なぜか凛乃はふんわりとした穏やかな性格で、少々天然ボケなところがある。

エリアスも、どう考えても性格が悪いので、彼に似たわけでもなさそうだ。

——子育てって、不思議だな……。

だが、こうして凛乃と二人で過ごす時間が、今の火玖翔にとってなにものにも変え難い大切なひと時だ。

当時はかなり迷ったが、凛乃を産んで本当によかったと思う。

今では凛乃のいない生活など、到底考えられなかった。

「おうち着いたよ」

「は〜い」

あらかじめセットしておいたタイマーで、ご飯はもう炊けているはずだ。

まずは野菜を刻んで……などと料理の手順を頭の中でシミュレートしながら凛乃を自転車から降ろし、アパートの駐輪場に自転車を停めて部屋へ行こうとした、その時。

目の前の道路に、音もなく黒塗りのハイヤーが停車する。

なにげなくそちらに視線をやると、後部座席のドアが開き、降りてきた人物に気づいて火玖翔はぎょっとした。

「ずいぶん質素なところに暮らしているんだな」

今日はなぜか変装はしておらず、金髪にサングラスだけかけたエリアスが、アパートを見上げながら平然と失礼な感想を漏らす。

「な、なななな、なんでこんなところにいるんですか……⁉ ライアンさんは？」

「鬱陶《うっとう》しいんで、撒《ま》いてきた」

「護衛なしで出歩いて、なにかあったらどうするんです⁉ さっさとホテルに戻ってください！」

「私は身許の明らかな者でなければ雇わない。雇用主として、通訳の生活環境を調査するのは当然のことだ」

「いやいや、そんな理屈、聞いたことないんですけど⁉ 仮に百万歩譲ってそうだとしても、本人が来る必要はないでしょう⁉」

激しく動揺しながら、火玖翔は咄嗟に凛乃を背中に隠して立ちはだかる。

彼に瓜二つの凛乃を見られてしまったら、万事休すだ。

「凛乃、ホクたんはこの人とお仕事の話があるから、先にお部屋に入ってて」

小声の日本語でそう告げると、凛乃はひょこりと顔を横から覗《のぞ》かせ、じぃっと長身のエリアスを見上げる。

「こんにちは、おじたん」

「り、凛乃」

ご近所さんに会った時は挨拶しようね、と常々教えていたので、火玖翔の知り合いだと思ったのか、凛乃は英語で話しかけ律儀《りちぎ》にエリアスに向かってぺこりと一礼した。

なんて礼儀正しいいい子なんだろう、と感動する火玖翔だが、この男のことだけは無視してくれてよかったのに、と内心思う。

すると。

「おじたんも、りのといっしょに、ホクたんのおににりたべる？ ホクたんのおににり、すっごくおいしいんだよ？」

突然、凛乃がそんなことを言い出したので、火玖翔は慌てる。

「凛乃っ、このおじさんはすっごく忙しい人なんだ。だからね……」

「ほう、そうなのか。そこまで言われたら断れないな」

「はぁ⁉ ちょっと……⁉」

「りののおうちは、こっちだよ！」

火玖翔が困惑しているうちに、凛乃は小さな手でエリアスの手を摑み、勝手にアパートの部屋へ案内してしまった。

「あのですね、うちめっちゃ散らかってるんで、今日のところは……」

帰ってください、と突っぱねようとしたが、凛乃とエリアスに『早く鍵を開けろ』という眼差しで見つめられ、観念する。

それに廊下でこんな押し問答を続ければ、近所迷惑になってしまう。

人目を気にする火玖翔は、やむなく鍵を開け、渋々エリアスを中へ招き入れた。

「本当に、こんな狭いところに住んでいるのか？」

「……重ね重ね失礼な人ですね。狭いのがいやならお引き取りください」

冷たく対応しても、エリアスは蚊に刺されたほども感じていないらしく、土足のまま部屋に上がろうとするので、慌てて腕を摑んで引き留める。

「わ〜っ！　靴脱いでくださいっ」

「ああ、そうだった。日本の住宅では靴を脱ぐんだったな」

言われてようやく、エリアスは玄関で高価そうな革靴を脱ぎ、部屋に上がった。

「ふむ……こんな小部屋が二部屋しかないのか？　寝室は？」

「大きなお世話です！」

そこで、部屋にはこの男に見られたくないものがあったことを思い出し、火玖翔は居間へ入ろうとしたエリアスの前に叫びながら危うく滑り込んだ。

「ちょっとだけ、後ろ向いててください」

「なぜだ？」

「いいから早くっ」

敵が渋々言うことを聞き、こちらに背中を向けているうちに、火玖翔はテレビの下の棚からＤＶＤを数枚摑み出し、それを押し入れの中へ放り込んだ。

これで、よし。

「俺は夕飯の仕度しないといけないんで、あんまり人の部屋じろじろ見たり、触ったりしないように」

そう釘を刺し、取り急ぎキッチンで買ってきた食材を冷蔵庫に収納する。

火玖翔の借りている部屋は、八畳の居間と小さなダイニングキッチンがついた１ＤＫタイプだ。

狭いには狭いが、一応風呂トイレつきだし、なにより家賃が安いのが気に入っていた。

夜は居間に布団を敷いて寝ているのだが、玄関から正門まで車で移動するハリウッドセレブには想像すらできない生活らしい。

「おじたん、りのとおなじだね。おともだちにはいないから、うれしいな」

凛乃が、初対面のエリアスに親近感を抱いているのは、どうやら自分と同じ金髪だからだったようだ。

「おじたんのおなまえは？」

「……私は、エリアスだ」

凛乃はバイリンガルなので、エリアスと英語で難なく会話している。

「エリたん、りんごじゅーすすき？　りのはだぁいすき！」

幼児特有の、次々質問を連打され、料理中の火玖翔はハラハラしながら聞き耳を立てているが、意外にもエリアスはすべての質問に真面目に答えてやっているようだ。

「りのね、ぴぃまんきらいなの。でもホクたんがね、にんじんとぴぃまんをちいさくしてみぃとぼぉるにしちゃうから、たべれるようになったんだよ！　エリたんは、ぴぃまんすき？」

「……あまり好きではないな」

――マジか……凛乃がピーマン嫌いなの、この男に似たからか⁉

包丁でピーマンを細かく刻みながら、火玖翔は心の中で突っ込みを入れる。

だが、凛乃はそれがまた共通点が見つかって嬉しかったようだ。

「りのとおなじだね！　ホクたんのみぃとぼぉるたべたら、ぴぃまんたべれるようになるよ！」

「それは楽しみだ」

と、エリアスと凛乃から期待に満ちた眼差しを向けられ、ハードルを上げられた火玖翔は困ってしまう。

凛乃が人参《にんじん》とピーマンが苦手なので、なんとか食べられるようにと、大好物のミートボールの中に細かく刻んで混ぜてやっただけなのだ。

いつものようにそれらを挽き肉に混ぜて手早くミートボールを作り、フライパンで炒《いた》めてこんがり焼き色をつける。

ケチャップと中濃ソース、それに醬油《しょうゆ》と砂糖で味付けしたソースを煮立たせてミートボールに絡めれば出来上がりだ。

ミートボールを作りながら、同時進行で炊きたての白飯に凛乃の大好きな鮭《さけ》フレークと細かく刻んだ小口ネギ、それに白胡麻《しろごま》と顆粒《かりゅう》出汁《だし》の素《もと》を少し入れ、しゃもじで混ぜて味を馴染ませる。

ラップを使い、凛乃が食べやすい一口サイズのまん丸おにぎりに握って出来上がりだ。

いつもは凛乃と同じものを食べるのだが、今日はエリアスがいるので大人用の大きめ三角おにぎりもいくつか握っておく。

ご飯も明日の朝の分にと多めに炊いておいて、助かった。

「お待たせ、できたよ」

「わぁい！」

茹《ゆ》でブロッコリーとキャベツの付け合わせに火玖翔特製ミートボール、作り置きのちりめんじゃこの炒め煮、それに豆腐の味噌汁と鮭フレークのおにぎりが今夜の晩ご飯だ。

どれも凛乃の好物で、つい子どもが喜ぶものを作ってしまう。

火玖翔はそこで、当然のごとく小さなテーブルの前で待ち構えているエリアスを睥睨《へいげい》する。

身長百八十五センチ超えの長身ハリウッドスターが、バーゲンで二千九百八十円で買った小さな丸テーブル前で窮屈《きゅうくつ》そうに胡座を掻いている姿は、なんとも言えず面白い絵面だった。

「……本当に、食べるんですか？」

「さっきまで激しいスタントシーンを演じていた私が、このミソシルのいい香りだけで、腹が満たされると？」

「……庶民《しょみん》の料理がお口に合わなくても、クレームは受け付けませんからね」

こうなったら、さっさと食べさせて追い返すしかない。

依然エリアスは食べていく気満々なので、火玖翔はあきらめて三人分の食器をテーブルに並べた。

凛乃と二人なら充分事足りる丸テーブルだが、エリアスが加わると途端に狭くなり、皿が置ききれないくらいのラッシュ状態になる。

「いっただきまぁす！」

小さな両手を合わせて凛乃が元気よく挨拶すると、隣のエリアスがぎこちなくその真似をし、手を合わせているのがなんだかおかしい。

期せずして、初の親子三人での食事に、火玖翔はなんとなく落ち着かず、二人が食べるのをただ見守る。

「ふむ、これならピーマンの苦みが気にならないな」

「ホクたんのみぃとぼぉる、おいしいでしょ？」

「ああ、うまい」

敵は普段舌が肥えている生活をしているので、あれこれ駄目出しされるだろうと思っていただけに、さらりと褒められ、逆に困惑してしまう。

「それはどうも」

夢中でミートボールを頬張り、口の周りをソースでベタベタにしている凛乃の顔をティッシュで拭いてやりながら、火玖翔は照れ隠しに素っ気なくそう応じる。

もう二度と会うはずのなかった相手と、こうして四年ぶりに再会し、なぜか自宅で手料理を振る舞ってやる羽目になるなんて。

今まで想像すらしていなかった。

「おににりもおいしい！」

鮭フレークの混ぜご飯おにぎりが大好きな凛乃は、「ね、おいしいでしょ？」とエリアスに同意を求める。

「……おにぎりというのは、白くて黒いノリが巻いてあって三角なものなんじゃないのか？」

「そのスタイルが一番ポピュラーですけど、一口におにぎりといっても、いろいろあるんですよ。形も三角だけじゃなくて、俵型《たわらがた》とか丸型とか。中の具も種類豊富だし、こうして混ぜご飯にして握るのもありなんです」

火玖翔がそう答えると、エリアスは初めてらしい混ぜご飯のおにぎりを一口囓《かじ》り、「……これもうまい」と呟いた。

「……日本料理は好きだが、こうした家庭料理を食べたのは初めてだ」

――へぇ、割合素直なところもあるんだな。

傲岸不遜なところばかりが目につくエリアスの、意外な一面に、火玖翔は戸惑い、つと視線を逸らす。

「ほら凛乃、お野菜もちゃんと食べて」

「はぁい」

エリアスと向き合う勇気がなくて、火玖翔は食事中、凛乃の世話にかかりきりのふりをして、なんとかやり過ごした。

「おいしかったぁ、ごちそうさまでした！」

「凛乃、英語のレッスンの時間だよ」

凛乃には将来、海外での生活も選択できるようにと、生まれた時から英語と日本語の両方で話しかけて育てている。

最近は子ども向け番組を英語の副音声で聴けるので、それでお勉強するのが日課なのだ。

ヘッドフォンをつけるので、エリアスとの会話も聞こえなくなってちょうどよかった。

番組を気に入っている凛乃が、すんなりヘッドフォンをつけてパソコンへ向かっている間に、火玖翔は食器を片づけるふりをしながら、小声で問い詰める。

「いきなり家に押しかけてくるなんて、いったいどういうつもりなんですか？　返答次第によっては、今後の通訳の仕事は辞退させていただきます」

するとエリアスは、しばし思案した後、

「この家は狭過ぎて、足の置き場がない」

まったく関係ないことを言い出した。

「……ええ、ええ、そうでしょうとも。ハリウッドスター様は足長いですもんね」

正々堂々とまた部屋をディスられ、火玖翔はブリザードが吹き荒れる氷の笑顔で応戦する。

「今すぐお帰りいただいて、こちらはちっともかまわないんですよ？」

「？　なにか気に障ったか？」

「今の発言で気に障らない人がいたら、相当な人格者でしょうね」

どうやらエリアスは率直な感想を述べただけで、悪気が皆無なところが、さらにタチが悪い。

――そりゃロスで野球場丸々三つ分の敷地面積がある豪邸に暮らしてれば、俺の部屋なんて玄関より激狭だろうよ！

「ここに三人で暮らすのは無理だという意味だ」

「……いきなり、なに言い出すんです？」

エリアスがなにを考えているのかさっぱり理解できず、火玖翔は首を傾《かし》げる。

するとエリアスは至極当然のごとく、「私が日本に滞在する三ヶ月間、念のためきみたちには私の目の届くところで生活してもらう」と宣言した。

敵があまりに堂々としているので、一瞬自分の方が間違っているのかという錯覚に陥るほどだ。

「は⁉　正気ですか？　いったいなんの権限があって、そんな……」

「まだわかっていないようだな。私が来日中、ここまで似ている子どもの存在がマスコミに知られたら、大騒ぎになるだろう」

「それは……」

確かに凛乃はエリアスに瓜二つなので、痛いところを衝《つ》かれた火玖翔は押し黙る。

すると、エリアスはちらりと、パソコンへ向かっている凛乃に視線をやった。

「……やっぱり私の子、なんだな？」

「……違います」

「嘘つけ、私の遺伝子、鬼強だろうが。子役時代の私にそっくりだ」

「…………」

さすがにここまで似ていては、これ以上シラを切り通すのは無理なようだ。

「そういえばあの時、なんとか中出しは避けていたつもりだったが、怒濤《どとう》の何回目かは記憶がないな」

「生々しいこと思い出させないでください！」

あまりに露骨《ろこつ》な物言いに、火玖翔は耳まで赤くなるが、そんな彼を見つめ、エリアスが続ける。

「なぜ、私になにも言わずに日本に戻った？」

「……あなたに迷惑をかける気はありません。俺が一人で育てると決めて産んだので」

「そうはいくか。私の血を引いているということは、ミラー家の人間ということだ。それがどういう意味だか、本当にわかっているのか？」

ロサンゼルスの長者番付に毎年上位ランクインするほどの大富豪、ミラー家。

それがエリアスの実家だ。

「私は子ども時代から、何度か危ない目に遭っている。誘拐されかけたことも、一度や二度じゃない」

「……え？」

「富裕層の子息というのは、そういうものだ。特にうちは芸能一家で、他人から一方的な感情を向けられやすい。私はプリスクールの頃から、行き帰りは常にボディガードと車の送迎つきの生活だった」

ということは、もし凛乃がエリアスの息子だと知られたら、凛乃の身にも危険が及ぶかもしれないということか。

そう知らされ、火玖翔は顔面蒼白《そうはく》になる。

「そんな……」

「私の子を産むと決めた時、それ相応の覚悟を決めたんじゃなかったのか？」

「……決めましたよ。だから日本に戻ったんです。あなたには、もう二度と会うつもりはありませんでした」

そこで、火玖翔は初めて、思い切ってエリアスの目を正面から見返した。

四年前、たった一夜だけ。

生まれて初めて我を忘れて、抱き合った。

あの夜のことは恐らく一生忘れられはしないだろうが、それだけだ。

すべてはもう、過去のこと。

「……俺は、アルファとは関わらない人生を送ると決めてるんです」

今の自分には、大切な宝物の凛乃を無事育てることだけがすべてなのだ。

「あなたの通訳の身許まで調べる記者もいないでしょうし、バレるわけありません。それに、万が一のことがあっても凛乃は俺が守ります。だから、もう俺たちには関わらないでください」

と、火玖翔としては再度きっぱりと拒絶したのだが、エリアスの方はまったく意に介す様子もない。

「保育園はホテルから車で送迎する。有能なベビーシッターを手配するから、きみも時間を気にせず安心して仕事に専念できるぞ」

「人の話、聞いてました⁉　勝手に決めないでください、ちょっと……！」

まだ話は終わっていないのに、エリアスはさっさと凛乃の許へ向かい、彼のヘッドフォンを外して話しかける。

「リノ、きみを一人の男と見込んで、頼みがある」

「なぁに？　なんでもいって！」

自分を大人として扱ってくれるのが嬉しかったのか、凛乃は大いに乗り気だ。

「ホクトは私の通訳の仕事でとても忙しくなる。だからこれから三ヶ月間、リノとホクトは私の滞在するホテルで暮らす。これが任務だ」

「にんむ……！」

すると、凛乃は小さな拳を握りしめて大興奮だ。

最近『シンカン戦隊デンシャー』という特撮物に夢中の凛乃は、任務というワードがなにより刺さるお年頃なのである。

「ホクトの仕事が遅くなっても、シッターと帰りを待つこと、三ヶ月間はホテルから保育園へ通うこと。できるか？」

「うん！　りの、もうさんさいだもん、にんむできる！」

――こ、この男、無神経なくせに三歳児の心を摑むのがうまい……！　さては精神年齢が近いからか⁉

とはいえ、感心している場合ではないと、火玖翔は慌てて二人の間に割って入る。

「ちょっと！　俺を抜きに、勝手に話を進めないでくださいっ」

猛抗議しようとしたその時、エリアスのスマホが鳴り、彼は火玖翔にかまわず応答し、すぐ通話を切った。

「下に車を待たせてある。必要な物はなんでも買ってやるから、身一つで来い」

「はぁ⁉」

あっけに取られているうちに、玄関のインターフォンが鳴る。

「行くぞ」

「ちょ、ちょっと……⁉」

「音が筒抜けしそうなこの部屋で、さらにモメたいのか？　近所に野次馬の山ができるぞ？」

その脅《おど》しに、火玖翔は口を噤《つぐ》む。

ハリウッドスターが訪れているなんて、もし近隣の部屋の住人に知られたらと、想像しただけでぞっとする。

後々、ここに住めなくなるではないか。

「……わかりました。わかりましたから、静かにしてくださいっ」

不本意ながら、そう応じるしかなかった。


車で迎えに来てくれたロイとライアンは、エリアスの命令でなにがなんだかよくわからない状況のまま、火玖翔と凛乃を彼らが滞在しているTホテルへと連れ帰った。

少しだけ時間をもらい、凛乃が大好きなオモチャや着替えなど、最低限必要なものをキャリーケースに必死に詰め込み、なんとか持ってきた。

「ここがきみたちの部屋だ。自由に使ってくれ」

そう言ってエリアスが提供してくれたのは、この三ヶ月間、彼が貸し切っている十五階フロアにある一室だった。

彼が滞在しているプレミアムスイートほどではないが、約八十平米のデラックススイートのダブルベッドルームと、それでもかなり豪華な部屋だ。

Tホテルは都内でもトップクラスの最高級ホテルなので、一泊の料金を想像するだけで気が遠くなる。

「こんな豪華な部屋、泊まれませんよ。一泊いくらするんですか。もっと安いところで……」

「フロアが変わるとガードしにくい。キッズ対応にいろいろ変更してもらったんだから、文句を言うな」

そう言われてみると、室内には幼児用の椅子や食器などが用意されていて、子連れ対応に調えられているようだった。

ベッドがダブルサイズなのも、火玖翔と凜乃が一緒に寝られるようにとの配慮なのだろう。

――俺たちを連れてくること、ロイさんたちは知らなかったみたいだし、これってエリアスが手配してくれた……のか？

この、傲岸不遜で人にかしずかれることに慣れきった王様が？

いやいや、こんなことで絆《ほだ》されてはいけない。

これだけ手の込んだことをしてくるのだから、なにか裏があるはずに違いないのだ。

「食事はホテル側のルームサービスを頼んでもいいが、うち専属のシェフも同行しているので大概のものは作れる。幼児用のメニューも万全だ」

なにか足りないものがあれば、すぐに言えと付け加えられ、火玖翔はエリアスを睨《にら》みつける。

「……いきなり連れてきて、本気で三ヶ月もここに俺たちを囲うつもりですか？」

「そうだ。外出する際は必ず私の許可を取れ。いいな？」

有無を言わさぬ口調に、火玖翔は眉を吊り上げる。

「……誘拐、及び拉致《らち》監禁で訴えてやる……っ！」

「人聞きの悪いことを言うな。きみたちの身の安全のためだ。あんなボロアパートメントより、ホテルの方がガードしやすい」

「……いちいち人の神経逆撫でするのがお上手ですよねっ、やっぱり帰らせていただきます。さぁ、帰るよ、凜乃」

彼の意のままになるのが癪《しゃく》で、凛乃の手を引いて部屋を出ていこうとした火玖翔の背に、エリアスの声が追い縋る。

「私はリノの安全を最優先にしただけだ。私が日本にいることで、万が一にもきみたちに迷惑をかけたくない」

「……」

その言葉で、ドアノブへ手を伸ばした火玖翔に、一瞬迷いが生じる。

すると、それまで黙っていた凛乃が、火玖翔を見上げて言う。

「ホクたん、エリたん、けんかしないで。りの、かなしくなっちゃうから」

「凛乃……」

普段、他人と言い争う姿など見せたことがないので、びっくりさせてしまったのを悔いて、火玖翔は凛乃を抱きしめる。

「ごめん、もうケンカしないよ」

「ほんと？」

「ああ、本当だ」

いけない。

どうにもエリアスが絡むと感情的になって、冷静でいられなくなってしまう。

深呼吸してひとまず落ち着こうと努力してから、火玖翔はエリアスを振り返った。

「……契約を途中放棄すれば会社に迷惑をかけるので、仕事は最後まで全うします。ただ、あなたのそばにいるのはあくまで仕事のためです。今後は俺たちに必要以上に関わらないでください。いいですね⁉」

言質を取ろうとエリアスに詰め寄ると、彼は大仰に肩を竦めてみせる。

「どうしてそう、頑ななんだ。少しは私に甘えてもいいだろう」

「甘える謂《いわ》れも理由もありませんので」

「なにかあったら内線か、スマホに連絡しろ」

だから仕事以外関わるなと言っているのに、人の話をまったく聞いていないと突っ込みを入れるより先に、エリアスはさっさと部屋から出ていってしまった。

「はぁ……まったく」

やむなく、火玖翔はキャリーケースを開け、着替えや荷物の整理を始める。

「みてみて、ホクたん。ベッドふっかふかだよ！」

巨大なダブルベッドを初めて見た凛乃は、はしゃいでその上で飛び跳ねている。

「危ないよ、気をつけて」

実に庶民的だが、どうにも宿泊費が気になってスマホで検索してみると、エリアスが滞在している最高級のプレミアムスイートルームだけで一泊約五十万だったので白目を剝《む》く。

しかもほかのスタッフたちや火玖翔たちに用意した部屋など、このフロア全室を借り切っているので、三ヶ月滞在で途方もない金額になるだろう。

「マジかよ……ホテルの宿泊費だけで余裕でマンション買えるだろ……」

とにかく金遣いのスケールが異次元過ぎて、ついていけない。

これから三ヶ月、いったいどうなってしまうのだろう？

波乱が起きる予感しかしなくて、火玖翔はため息をついた。

こうして、日々撮影スケジュールによって屋外ロケやスタジオでの撮影と、忙しく移動し、瞬く間に十日ほどが過ぎた。

初めは豪華過ぎる部屋に落ち着かなかった火玖翔たちだが、ホテル暮らしにもようやく慣れてきた。

エリアスは個人で専属シェフを雇っているらしく、今回のロケにも彼を同行させ、三食作らせている。

ホテル暮らしで、毎日外食するのだろうか、幼児用メニューはあるのだろうかと最初はそれが一番心配だったのだが、エリアスはカロリー計算された自分の食事とは別に火玖翔と凛乃のものも用意してくれて、朝はなるべく三人で食事を摂りたいと言ってきた。

エリアスは役作りのためにかなり節制した食生活を送っており、専属シェフが綿密にカロリー計算して作ったもの以外、間食も外食も一切しない。

現場にも、シェフ特製スムージーやドリンクを用意していく徹底ぶりだ。

先日、我が家の杜撰《ずさん》な夕食を平然と食べていったことが異例中の異例だと後から知り火玖翔は、かなり驚いた。

撮影以外でも日本の雑誌やグラビアなどからの取材があり、過密なスケジュールの合間を縫って、ホテルのジムでのトレーニングも欠かさなかった。

彼の自信と尊大さは、この努力に裏打ちされたものなのかもしれないと、日々共に過ごすうちに火玖翔は考えるようになった。

四十代のシェフは子ども好きらしく、凛乃においしい幼児向けの料理を作ってくれるので、本当にありがたい。

さらにエリアスは凛乃のために専属シッターまで日本で手配してくれたのだが、五十代のその女性は保育士として長年の経験があるベテランで、凛乃もすぐ懐いた。

洗濯はホテルのランドリーサービスがしてくれるし、料理や掃除といった日々の家事からも解放され、おかげで撮影が夜遅くまで続く日もシッターたちに安心して凛乃を任せることができ、火玖翔の負担も格段に減って仕事に専念できるようになった。

人見知りしない凛乃はすぐエリアスのスタッフたちとも仲良くなり、特にロイとライアンにはよく遊んでもらってご満悦だ。

もちろん火玖翔も同行しているが、毎朝車で保育園まで送迎してもらっているので、とても助かっている。

初めはエリアスの傍若無人さに苛立っていたが、日が経つにつれ、彼のおかげで生活環境がかなり好転したことに気づく。

これは、彼に一応お礼を言うべきなのではないか。

頭ではそうわかっていても、なかなか素直になれない火玖翔だ。

そんなある日、いつも通り仕事を終え、夜八時近くにホテルへ戻ると、食事も入浴も済ませてもらった凛乃は部屋でシッターの女性と遊んでいた。

お礼を言って彼女が帰宅するのを見送り、火玖翔も用意されていた夕飯を食べながら凛乃から今日一日保育園であった話などを聞く。

食事を終え、自分も手早くシャワーを浴びようかと考えていると、部屋のインターフォンが鳴る。

ここを訪れるのはエリアスの関係者しかいないので、ロイかスタッフの誰かだろうと確認せずドアを開けると、廊下に立っていたのは意外にもエリアス本人だった。

しまった、と思うより先に、敵は勝手にズカズカと室内へ入ってくる。

「なにかご用ですか？」

「いや、大したことじゃないんだが……」

と、エリアスはなぜかちらりと火玖翔の後ろにいた凛乃の様子を窺う。

「最近、日本のオモチャに興味があってな。特にプラレールの技術は最高だ。なんと言ったかな……シンカン戦隊……」

「え⁉　しんかんせんたいでんしゃーのこと⁉」

大好きな特撮物の名前が出て、パジャマ姿の凛乃がすかさず食いついてくる。

「そう、それだ。そのプラレールが売っていたので、これから部屋で組み立てようと思っているところだ」

特撮番組とコラボしたプラレールが発売されるのは知っていたし、凛乃におねだりされていたのだが、レールを組み立てるのにかなり広い場所が必要なので、今のアパートの部屋では難しいと悩んでいたところだったのだ。

「ちょっと！　なんでそんな話をわざわざしに来るんですか⁉」

慌ててエリアスを追い返そうとしたが、時既に遅し。

「わぁ、エリたんぷられぇるつくるの⁉　りのもやりたい‼」

凛乃は憧れのオモチャがあると聞き、瞳をキラキラさせてエリアスを見上げている。

「そうか、どうしてもやりたいと言うのなら、しかたがない。ちょっとだけ手伝わせてやってもいいぞ」

「わ〜い！　ありがと、エリたん！」

「待って待って、凛乃！」

さっさと部屋を出ていくエリアスの後ろをついて走っていってしまう凛乃を、慌てて追いかける。

そのままホテルの廊下へ出て、同じフロアにあるエリアスのスイートルームへ入る。

エリアスが滞在しているのは、約二百平米もあるモダンジャパニーズ・プレミアムスイート（火玖翔調べによれば、一泊約五十万……‼）。

和洋折衷《せっちゅう》のインテリアで洋風のリビングとライティングデスクのある書斎、メインベッドルームにサブベッドルーム、さらに畳敷きの和室が一部屋ある。

プラレールは、その和室に半分ほど組み立てられていた。

「わぁ、すごい！　りのもやっていい？」

「ああ、いいぞ」

靴を脱いだ凛乃が畳に上がり、夢中になってプラレールの線路を組み立てるのを、エリアスは隣の部屋から立って眺めている。

そんな彼の腕を摑み、火玖翔は近くのバスルームへと引っ張り込んだ。

「なんだ、こんなところに引っ張り込んで。貞操の危機を感じるな」

「ふざけないでください！　いったい、どういうつもりなんですか⁉　俺たちには関わらないでくださいと言ったはずです」

「プラレールのことなら、私が欲しくて買って遊んでいるだけだ」

「二十八歳児ですかっ！」

どうあっても認めようとしないエリアスに、火玖翔はため息をつく。

「惚けても無駄ですよ。あなたが凛乃を、ミラー家にふさわしいかどうかテストしてるなら、即刻やめてください。凛乃は絶対に渡しません」

今、火玖翔がなにより恐れているのは、血が繋《つな》がっているという理由で凛乃をミラー家に取り上げられてしまうことだ。

それだけは断じて許さない、とエリアスに啖呵《たんか》を切る。

「安心しろ、きみから子どもを取り上げたりはしない。……ただ、気まぐれで自分の子と遊ぶのがどういう気分なのか知りたかっただけだ」

「……え？」

「多忙な両親の許に生まれたせいで、幼い頃からシッターに育てられたようなものだからな、私は。家族の温もりがどういうものなのか、よく知らなかった。両親と揃《そろ》って遊園地に行ったりするのは、大抵マスコミの取材が来た時くらいだ」

「……そう、だったんですか」

確かに、エリアスの両親は著名な大御所俳優に、元モデル出身の大女優だ。

若い頃から分刻みのスケジュールだっただろうし、子育てに携わる時間は少なかったと想像はついた。

気は強いが人のいい火玖翔は、それでうっかり絆されかけ、はっと我に返る。

「だ、だからって、同情はしませんからね⁉　とにかく、俺とあなたはなんの関わりもない他人ということで今後も接してくださいっ」

「私たちはつがいなんだぞ？　無理を言うな」

「あなたが勝手に印を刻んだだけでしょうが！」

俺は同意していない、と言い募ろうとすると、ふいにエリアスが首筋に手を触れてきたので、火玖翔はびくりと反応する。

「っ……なにを……⁉」

「つがいの噛み痕が見たい」

「い、いやですよ！　なんでそんな……」

「早くしろ。そろそろリノのところへ戻った方がいいだろう？」

見せるまではここを通さないぞ、と言いたげにバスルームの扉の前に立ちはだかるエリアスを、火玖翔はきっと睨みつけた。

「……見せたら、今すぐそこを退いてくださいよ⁉」

渋々、彼に背を向けて後ろ髪を掻き上げ、項を見せる。

四年経っても鮮やかに残る自分の歯形に、エリアスがつと指を触れてきた。

駄目だ。

彼に触れられると、まるでそこから電流が走るような感覚に襲われる。

つがいの絆《きずな》とは、これほど深いものなのかと火玖翔は内心激しく動揺した。

「……ちょっと、触らないでくださいっ」

逃げようとする火玖翔の腰に腕を回し、正面から抱きしめてきたエリアスは、大きな右手でその華奢な項を撫で上げる。

「……っ！」

四年ぶりに感じる彼の温もりに、恐れを抱くほど鋭敏に感じてしまい、火玖翔は咄嗟に顔を背けた。

「綺麗に残っているな。離れている四年間、私が恋しくなったんじゃないのか？」

図星を指されたような気がして、ドキリとしたが、動揺を押し隠し、火玖翔は器用に片眉だけを吊り上げてみせる。

「は？　大した自信ですね。おかげさまで、いいアルファ避けになって助かってますが、メリットはそれくらいですよ」

「……この私にそんな口を利くのは、きみくらいだ」

「ご不快でしたら、いつでも別の通訳に交代しますよ。そこ退いてください」

分厚い胸板を無理やり押し返し、火玖翔は急いでバスルームから逃げ出す。

平静を装っても、まだ心臓がドキドキしていて、ひどく落ち着かなかった。

「あ、ホクたん、みてみてぇ！」

プラレールをほぼ組み立て終えた凛乃が、自慢げに披露してきたので、「わぁ、すごいね、凛乃」

と褒めてやる。

「でも、もうねんねの時間だから、お部屋へ戻るよ」

「え〜〜」

もっと遊びたそうな凛乃をなんとか説き伏せ、部屋を出ていこうとすると、手を引かれた凛乃がエリアスに声をかける。

「エリたん、またぷられれぇるしにきてもいい？」

凛乃の問いに、エリアスが答えるより先に火玖翔が先回りする。

「凛乃、エリアスさんはお仕事で疲れて帰ってくるんだ。無理を言ってはいけないよ」

そう窘めると、すかさずエリアスが「いつでも遊びに来ていいぞ」と答え、凛乃が「わぁい！」と喜んで飛び上がる。

「ちょうどいい。リノが遊んでいる間、ホクトに日本語を教えてもらうとしよう」

「はぁ!?　勝手に決めないでもらえます!?」

「もちろん通訳のギャラとは別に報酬は弾む。せっかく日本に来たのだから、記者会見などでは日本語で挨拶したい」

「……」

――いったい、どういうつもりなんだ、この人は……？

エリアスの真意がわからず、火玖翔は困惑する。

「教えてくれるか？」

「……わかりましたよ。とりあえず、今日は帰りますからっ」

彼と目が合い、さきほどの出来事を思い出してまともに顔を上げられず、つと視線を外す。

「……失礼します、夜分にお邪魔しました！」

凛乃を連れ、逃げるように自分たちの部屋へ戻って鍵をかけると、ようやくほっとする。

彼に触れられた項が、まだジンジンと熱を持っているような気がして、落ち着かない。

四年ぶりに触れた、彼の温もりを、自分は切望していたのだろうか……？

そこまで考え、いや、あり得ないと否定する。

――これだから、アルファと関わるのはいやなんだ。

こんな本能に振り回されて生きるなんて、冗談じゃない。

金輪際エリアスには関わりたくないが、悲しいかな仕事を放り出すことはできない。

これからあとしばらくは、まったく気が抜けない生活が続くのかと思うと、火玖翔は重いため息をつくしかなかった。


ただでさえ多忙なのに、その上日本語の勉強にまで割《さ》く時間は作れないだろうと高をくくっていた火玖翔だったが、意外にもエリアスは撮影から帰宅した後に度々二人を部屋へ呼んだ。

そして、和室で凛乃を遊ばせ、二人でそれを見守りながら日本語の勉強をする。

「まずは記者会見で日常会話程度、話せるようになればいいんですよね？」

「ああ。さっそくだが、日本語で『アイラブユー』はなんと言う？」

「え……『愛してる』ですけど……?」

そう答えると、エリアスは眉をひそめ、火玖翔との距離を詰めてくる。

「もう一度。よく聞き取れなかった」

「『愛してる』」

「『あなたのことが大好き。あなたなしでは生きられない』は?」

「え～っとですね……」

最初は真面目にわかりやすく、はっきり発音して繰り返してやっていたが、なぜかエリアスが必死に笑みを噛み殺すようににやついている。

そこでようやく彼の意図が通じ、火玖翔は半眼状態になった。

「……マジでセクハラで訴えますよ?」

「どこがセクハラだ。私はただ純粋に日本語を学びたいだけなのに」

「真面目に教えて、損しましたっ」

凛乃がいなければ、また腹に一発お見舞いしてやりたいところだと、睨みを効かせる。

「日本語を学びたいのは本当だ。真剣にやるから続けてくれ」

「……まったくもう」

あきれながらも、エリアスのために見繕ってきた日本語のテキストを広げ、レッスンを始める。

すると、二人の様子に興味が涌《わ》いたのか、プラレールに夢中だった凛乃が「なにしてるの?」と駆け寄ってきた。

「ホクトに日本語を教えてもらっている」

「りのもホクたんにえいごおしえてもらってるよ！　りのも、いっしょにおべんきょうする！」

「勉強熱心なのはいいことだ」

「そうだね。一石二鳥かも」

凛乃は、エリアスと話す時にはちゃんと英語を使っているし、お互いいい練習になるかもしれない。

「どうせ教えるからには、ビシバシスパルタでいきますから、覚悟してくださいね」

凛乃を膝の上に抱き上げながら、火玖翔はエリアスにそう宣言したのだった。


こうしてホテルに滞在し始めてから、慌ただしい日々を過ごしているうち、瞬く間に一ヶ月ほどが過ぎていった。

撮影の方は順調で、通訳の仕事にトラブルもなく火玖翔もすっかり現場に慣れてきた。

日本語の勉強会も、ときどき凛乃が飽きて遊んでしまったりするものの、予想外にエリアスが熱心で憶えが早いのに驚かされる。

公表されているプロフィールにある通り、ハーバード大学をスキップして卒業できるだけの頭脳は、伊達《だて》ではないらしい。

――元々、頭の回転が速い人なんだろうな。

俳優としてあり続けるための努力は惜しまないそのストイックな姿勢は、日々そばで見ていればいやでもわかってくる。

この人は将来きっと、ハリウッドの映画業界でなくてはならない存在になるだろうと思った。


それから数日ほどして、朝起きた時から火玖翔は軽い目眩を感じ、ついに来たかと観念した。

エリアスとの予期せぬ再会から、念のためいつもより強めの抑制剤を服用し続けていたのだが、恐れていた発情期が四年ぶりに訪れてしまったようだ。

つがいを得る前にも、オメガには定期的に発情期が訪れるが、独り身であればそれは抑制剤で楽に押さえ込める程度だ。

だが、アルファとオメガがつがいとして結ばれると、約三、四ヶ月に一度、本格的な発情期が訪れ、激しく相手を求め合う。

物理的に離れ離れでいればその衝動は治まり、独り身の頃と同じように抑制剤で抑えることができるので、今までは快適に過ごせていた。

だが、エリアスのそばにいるせいで、発情期が復活してしまったのだろう。

やはり、つがいのフェロモンは強力なようだ。

——参ったな。

いつもの倍量の薬を水で流し込み、急いで凛乃を保育園へ送ってから撮影スタジオへ駆けつける。

平静を装い、普段通り通訳の仕事をこなしたが、昼休憩時にめざといエリアスに声をかけられた。

「どうした？　具合が悪いのか？」

「……いえ、問題ありません」

周囲に知られるわけにはいかず、エリアスにも弱みを見せたくなくて、なんともないふりをする。

が、時間が経つにつれ、身体の火照《ほて》りと怠《だる》さは次第に悪化していった。

それでもなんとか気を張って、現場での通訳をこなし、無事その日の撮影が終わると、ほっとした。


幸い、早めにホテルへ帰れたので凛乃を迎えに行くと、凛乃はパジャマ姿で、すっかり凛乃専用のオモチャ部屋と化したプレミアムスイートルームの和室でロイと遊んでいた。

既にシッターが凛乃をお風呂に入れておいてくれたから本当に助かった。

エリアスはこの和室に見守りカメラをセッティングし、外出中いつでも凛乃が遊ぶ姿をスマホからリアルタイムで確認することができるようにしてくれたので、火玖翔も安心だった。

「あ、お帰りなさい、ホクトさん。もう少しリノくんをお預かりしてますから、たまにはゆっくりお風呂に入っては？」

「……いいんですか？　助かります」

ロイからの申し出はとてもありがたかったので、素直にお礼を言う。

なので、凛乃を連れ帰る前に、急いで一人自室へ戻ってバスルームへ飛び込み、冷たい水のシャワーを頭から浴びて身体の熱を冷やした。

まだ春先の気温で冷水シャワーはかなりきつかったが、それでも昂《たか》ぶった体内の炎は治まりそうになかった。

――まずいな、これは……。

恐れていたことが、ついに起きてしまった。

身体の芯が熱くなり、エリアスの隣にいると平静ではいられなくなる。

今日一日、よく耐えたと自分を褒めたくなるほどだ。

強めの抑制剤を服用しても、本能はそれをさらに凌駕《りょうが》するようだ。

気怠く、火照る身体を引きずるように、火玖翔はなんとか濡れた身体をバスローブで包み、バスルームを出た。

すると、インターフォンが鳴り、ロイが凛乃を送ってきてくれたのかとドアを開けると、そこにはエリアスが立っていた。

「……なにか用ですか？」

これ以上、彼のそばにいるのがつらくて、火玖翔は殊更素っ気ない声を出す。

「やはり、具合が悪そうだな」

エリアスになにげなく声をかけられ、内心ギクリとする。

「……大したことはありません。明日の仕事に支障は出さないようにしますので」

いつものように、頑なにそう虚勢を張ると、エリアスがため息をつく。

「誰もそんなことは言っていない。リノはしばらくこちらで預かるから、少し横になるといい」

「……では、お言葉に甘えて、そうさせていただきます」

少しでも眠れば、この体調もマシになるかもしれないと考え、火玖翔は素直にその提案に従うことにした。

横になろうとベッドへ向かうと、そのまま部屋を出ていくとばかり思っていたエリアスが、寝室まで入ってくる。

「……ちょっと、いつまでいる気です？　少し眠りたいんで一人にさせてください」

彼が近くにいると、苦しいのだ。

だが、それは言えなくて、火玖翔は故意に邪険に対応するしかない。

すると、そんな火玖翔を腕組みしながら睥睨し、エリアスが言った。

「素直に発情期が復活したと、どうして言わない？」

恐らく、つがいである彼にも、火玖翔の発情期は匂いでバレているのだろう。

これ以上隠すのは無理だと悟り、火玖翔はため息をつく。

「……最悪なことに、そのようですね」

だからあなたには会いたくなかったのに、と火玖翔は内心付け加える。

「強めの抑制剤を処方してもらってるので、問題ありませんから」

エリアスにそばにいられると、よけいにきつい。

なので一刻も早く出ていってほしかったが、彼は背中を向けた火玖翔にさらに接近してくる。

「なぜ、そんなことをする必要がある？　私がそばにいるというのに」

「……プライベートでは関わらないと、何度も言ったはずです」

彼から距離を置こうと踵《きびす》を返しかけ、目眩で足許がふらついてしまう。

「あ……っ」

そのまま転倒しそうになったところを、すかさずエリアスが抱き留めてくれた。

すると、彼と触れ合った部分から、まるで電流が走ったかのような衝撃が全身を貫く。

じかに触れられると、いとも簡単に理性が崩壊しそうになってしまう。

彼に抱かれたいと、本能が先走ってしまいそうになる。

「……触らないで、ください……っ」

咄嗟に彼を突き飛ばし、火玖翔は両肩で息をついた。

そんな様子を、エリアスは苦悩に満ちた表情でただじっと見つめている。

「苦しいんだろう？　私だって、きみと再会してからずっと抑制剤を飲んでいる」

「……え？」

言われて初めて、アルファもつがいのそばにいると欲望を抑えられなくなることを思い出す。

自分のことばかりに気を取られていて、エリアスの我慢など気づきもしなかった。

と、そこまで考え、きっと彼を睨みつける。

「そ、そもそも、あなたが接触してこなければこんなことになってなかったじゃないですか！　あのまま……四年前離れたまま、そっとしておいてくれればよかったのに……っ」

「ホクト」

彼に名を呼ばれ、びくりと身体が震える。

「正直、きみが欲しくてたまらない。きみも私に抱いてほしいと、素直に言えばいい」

傲岸不遜な物言いに、かっと頭に血が上った。

「……そうしたら、お情けで抱いてくださるってわけですか？」

口に出すと、ふつふつと怒りが込み上げてくる。

――俺は手軽に抱ける、三ヶ月限定の便利な現地妻ってことか？　冗談じゃない……！

エリアスに縋りつきたくなる衝動を必死に堪え、火玖翔は叫ぶ。

「もう出ていってください……っ、少し休んで、早く凛乃を寝かしつけないと……っ」

「その状態では無理だろう」

かといって、いつものシッターはもう帰宅していることを思い出したのか、エリアスが思案する。

「なら、今夜は私がリノと一緒に寝よう」

「……は？　なんですって……？」

「私がリノの世話をすると言ったんだ。追加の抑制剤を飲むから、私の方は問題ない。きみは一晩、ゆっくり休むといい」

「ちょ、ちょっと、エリアス……？」

驚いている火玖翔を無視し、エリアスはさっさと部屋を出ていってしまった。

――いったいなに考えてるんだ、子どもの寝かしつけなんか、したことないくせに。

すぐさま追い縋って凛乃を連れ戻したかったが、身体が言うことを聞かない。

バスローブ姿のまま、火玖翔は耐えきれずそのままベッドに横になった。

エリアスが離れてくれたおかげで、次第に落ち着いてくる。

追加の抑制剤も飲んだし、大丈夫だと自身に言い聞かせた。

そこでふと、見守りカメラのことを思い出し、急いでスマホで接続してみる。

――いつでも見ていいって言われてるんだから……いいよな？

盗み見するようで気が引けたが、凛乃をエリアスに任せるのはどうにも心配で、火玖翔は横になったまま映像を凝視する。

凛乃のプレイルームと化している和室には、エリアスが買った『シンカン戦隊デンシャー』のプラレールが一面に広げられていて、すっかり凛乃のオモチャになっている。

凛乃はそこでロイと一緒に、パジャマ姿で遊んでいた。

三十分ほどすると、大急ぎでシャワーを浴びてきたのか、シルクのナイトウェア姿のエリアスが和室にやってくる。

そして、ロイになにごとかを耳打ちすると、ロイが「え、子どもの面倒なんか見たことないでしょう？　できるんですか？」と驚いている。

「私を誰だと思っている。このエリアス・ミラーに不可能はない」

そう嘯いて、不安げなロイを退室させてから、エリアスは独り言のように「……ホクトと約束、したからな」と呟いた。

――え……？

あの傲慢《ごうまん》な男が、自分との約束を律儀に守ろうとするなんて、ひどく意外で。

火玖翔はそのまま、映像を食い入るように見つめる。

凛乃と二人になると、エリアスはおもむろに長い足を折り曲げて窮屈そうにしゃがみ込み、凛乃に話しかけた。

「リノ、ホクトは少し具合がよくない。今夜は一人で寝かせてやりたいから、私の部屋で一緒に寝ることになったが、いいか？」

エリアスが問うと、新幹線のオモチャを握りしめた凛乃は「ホクたん、ポンポンいたいいたいなの？」と心配そうに尋ねる。

「一晩ぐっすり眠れば、きっと大丈夫だ。心配ない。だからリノも、私といい子でおやすみなさいできるな？　これはリノに与えられた、あらたな任務だ」

「あらたなにんむ……!!」

伝家の宝刀、『任務』を持ち出し、エリアスはなんとか凛乃を寝かせようと必死だ。

「さぁ、わかったら私とベッドに……」

「でもね、ねんねするまえにちょっとだけ、りのとあそばない？　エリたん」

愛らしく小首を傾げてそうおねだりされ、エリアスが沈黙する。

「……では、本当に少しだけだぞ？」

「わぁい！」

ああ、わかる。

あの天使の笑顔で凛乃におねだりされると、断るのは至難の業なのだ。

日々、それを実感している火玖翔は、エリアスの気持ちがわかり、この時ばかりは共感せざるを得なかった。

「リノ、もう寝ないと」

「う～ん、あとちょっとだけだからぁ」

「ダメだ。子どもはもう寝る時間だ」

ついには実力行使で、エリアスが凛乃を抱き上げると、さらにテンションが上がってきたのか、凛

乃はきゃいきゃいはしゃいでエリアスの耳を引っ張っている。

「痛たた……こら、耳を引っ張るんじゃないっ」

そこからまた凛乃がプラレールに戻ってしまい、寝かしつけは一からやり直しになる。

何度かそんなやりとりを繰り返し、エリアスは疲労困憊といった様子で「ホクトは一人で毎日これをやっているのか……尊敬に値する」と呟いた。

――そうだよ。ワンオペ育児は大変なんだからな。

画像を見ながら、火玖翔は思わず笑いを噛み殺す。

横になっていたせいか、薬が効いてきたのか、身体の火照りはじょじょに治まってきていた。

「はぁ……」

畳の上にエリアスがぐったり横になると、まだまだ元気いっぱいな凛乃が新幹線のオモチャを両手に摑んだままやってきて、その引き締まった腹の上に走らせて遊び始める。

――ああっ、凛乃！　一億ドルの保険がかかってる身体に、なんてことを……っ。

損害賠償を請求されはしないだろうか、とパンチを食らわせた過去のある火玖翔が己の所業を棚に上げ、ハラハラしつつ見つめていると。

「どしたの？　エリたん。もうねむねむなの？」

無邪気にそう問う凛乃を片手で抱き寄せ、エリアスはぼそりと呟く。

「……ホクトは私のことを嫌っているか？」

唐突な質問が出て、聞いている火玖翔は思わずドキリとする。

すると、エリアスの腹の上に乗せられ、俯《うつぶ》せになった凛乃は、小首を傾げた。

「ん？　ん〜よくわかんない。りのはエリたんのこと、すきだよ？」

「……そうか、ありがとう」

「あのね、ホクたんは、りのがおりがみおってあげるとよろこぶよ！　だからエリたんも、おりがみおってあげるといいよ！」

「オリガミか……そうしたらリノが折り方を教えてくれるか？」

「うん、いいよ！」

さっそく凛乃が折り紙を取ってきて、目の前で折り始めると、エリアスがそれを真似してぎこちない手つきでちまちまと折り紙を折っている。

そんな微笑ましい光景を眺めているうちに、火玖翔はいつのまにか眠りに落ちていた。


よほど眠りが深かったのだろうか。

普段は寝坊などしたことがないのに、スマホでセットしてあるタイマーの音にも気づかず爆睡し、はっと目覚めたのは部屋の電話が鳴ったからだった。

「は、はい」

実は、火玖翔はかなり寝起きが悪い。

自宅でもスマホのアラームだけでは足りなくて、ほかに二つ時間差で目覚まし時計をセットしているくらいなのだ。

半分寝ぼけたまま、なんとか応答したが、『具合はどうだ？　医者を呼ぶか？』というエリアスの美声で一気に目が覚める。

——ヤバいっ、寝過ごした……！

「大丈夫です、今そっちに行きますのでっ」

電話を切ると、バスルームに駆け込み、超特急で身支度を調え、シャツのボタンを留めながらエリアスのスイートルームへ走る。

息せき切って部屋のインターフォンを押すと、凛乃を抱っこしたエリアスが鍵を開けてくれた。

「おはよ！　ホクたん、ポンポンいたいのなおった？　これ、おみまい！」

エリアスに抱っこされたまま、凛乃が小さな手に握りしめていたものを火玖翔の手のひらに乗せてくれる。

見ると、それは折り紙で折った二羽の鶴だった。

「りのと、こっちはエリたんがおったんだよ！」

すごいでしょ、と鼻高々で凛乃が胸を張る。

「ありがとう、凛乃」

「あ、ロイたんとライたんにもあげるね！」

自分の折った鶴を配りまくっている凛乃を見守りながら、エリアスが「まだ具合がよくないなら、今日は休んでいいぞ」と告げる。

だが、火玖翔は首を横に振った。

「もう大丈夫です。ご迷惑をおかけしました」

なんとか今回の発情期は乗り切れたようなので、ほっとする。

正直、一晩凛乃を預かってもらえて助かった。

発情期は通常三、四ヶ月に一度程度なので、次やってくる頃にはもうエリアスは帰国しているだろうから問題ないだろう。

そう考え、なぜか一抹《いちまつ》の寂しさのようなものが胸をよぎる。

――なに考えてるんだ、俺は。この男には一刻も早く帰国してもらいたいはずだろ？

そして、今まで通り、凛乃と二人の平穏な暮らしを取り戻すのだ。

そう自分に言い聞かせ、火玖翔はエリアスを見上げる。

「……ゆうべのことには、感謝します。でもあなたが凛乃を、ミラー家にふさわしいかどうかテストしてるなら、無駄ですよ。凛乃は絶対に渡しませんせん」

これだけは釘を刺しておかなければ、と火玖翔は啖呵を切る。

すると、エリアスが苦笑した。

「安心しろ、私にそんな気はない。子どもと遊んだり、世話をしたりするのは今後の役作りの幅が広がるからな。それだけだ」

「……そうですか」

一応、そこで矛《ほこ》を収めはしたが、火玖翔は彼の言葉を信用したわけではなかった。

だが、手の中に大切に握りしめた、不格好な折り紙の鶴が捨てられなくて、火玖翔はそれをポケットにしまったのだった。

◆　◆　◆

一方、エリアスはエリアスで、真剣に悩んでいた。

――おかしい……こんなはずではなかったのだが。

エリアスの予想では、四年ぶりの再会を果たし、一人で子育てしていた火玖翔がその大変さを訴え、自分が「今までよく頑張った。これからは二人でリノを育てていこう」と救いの手を差し伸べるはずだった。

だが、予想に反し、火玖翔は自分を完全拒否の構えだし、あまつさえ凛乃を奪われるのではないかと警戒されまくっている始末だ。

――いったい、なぜこうなるんだ……⁉

四年前の、あの日。

友人が勝手に予約した店で、運命の出会いを果たすことになるなんて、想像もしていなかった。

エリアスの人脈や金を利用しようと絡んでくる、ハイエナのような友人たちに無理やり引っ張り出されて気乗りしなかった食事の席だったが、担当についた店員を一目見た瞬間、全身に稲妻が落ちたような衝撃が走った。

華奢な身体つきにまとった、店の制服から僅《わず》かに覗いた首輪で、彼がオメガだとすぐにわかった。

すべてにおいて恵まれているエリアスは、アルファとしての魅力で言い寄ってくるオメガの男性も女性も山ほどいて、既に食傷ぎみだったはずなのに。


ハリウッドの大物俳優を両親に持つエリアスは、いわゆる銀《ぎん》の匙《さじ》をくわえて生まれてきたといわれる種類の人間だ。

両親はエリアスが生まれた頃から多忙で、育児のほとんどをシッターや家庭教師たちに任せきりではあったのだが。

彼らは自己愛が強いので、子どもよりなにより常に自分が一番大切なのだ。

利発だったエリアスは、幼い頃から既にそれを理解していた。

親としての愛情は不足していたものの、両親は最高のプレゼントをエリアスに与えてくれた。

すなわち、彼らのＤＮＡだ。

最高級の、完璧なまでに整ったルックスに人並み外れた知能。

リッチな暮らしの中で最上級の教育を受け、それを無駄にはしなかった彼は、ハーバード大学を優秀な成績を残しスキップ制度で二年早く卒業した。

三歳の頃から子役として数々のＣＭ等に出演しながらも、決して学業を疎《おろそ》かにすることはないパーフェクトぶりだ。

もちろん、文武両道でスポーツも万能。

五歳から始めた乗馬の腕前は相当なもので、映画などでスタントなしで撮影できるほどだ。

過密スケジュールを調整し、毎日ジムへ通い身体を絞ることも忘れない。

ピアノを嗜《たしな》み、もちろんセレブの義務であるボランティア活動にも熱心に参加する。

まさに両親に負けず劣らず多忙な日々だったが、彼の人生はまさに充実していた。

それもすべて、ハリウッドスターとしての自らの地位を確固たるものにするための努力だ。

『資産、美貌、演技力そのすべてを手に入れた、期待のスター』などと週刊誌に書き立てられるのにはもう慣れたが、自身がアルファだから数多くの女性たちを魅了するなどという言われ方には到底納得できない。

そう、たとえアルファとして生まれずとも、自分は常に完璧であろうと努力しているからだ。

そういった意味では、エリアスにとってアルファであることはある種迷惑な重荷だった。

だが、完璧な人生とは、既に欲しいものはすべて手に入れているという、ある意味退屈と隣り合わせともいえる。

十代からモテ過ぎたエリアスは、二十歳を迎える頃には若くして恋愛に飽き飽きしていた。

言い寄ってくる男女は、数知れず。

興味本位でどちらとも付き合ってみたが、誰に対しても熱くなれない自分に気づく。

特に、オメガに追いかけ回されることにうんざりしていたが、周囲はいずれオメガの男性か女性と結婚するのが最善だと言ってきた。

――結婚？　この私がたった一人の物になるなんて、全世界の損失だろ？

実に傲慢だが、彼は本気でそう考えていた。

当分結婚など、あり得ない。

いやというほど寄ってくる相手と適当に遊んではいたが、むろんアルファということもあり、避妊には人一倍気をつけてきた。

「結婚する気はない」と公言し、ワンナイトでしか付き合わない彼に、真剣に結婚したい相手は去っていったし、それでもと懇願する相手と適当に遊ぶ生活を続けていたのだが。

マスコミに張りつかれるのも鬱陶しいので、最近では身綺麗にして仕事に没頭し、夜遊びも控えめにしていた。

なので、エリアスにとって相手がオメガだということは、なんらメリットにはならない。

そのはずなのに、なぜか彼には強烈に惹かれるものを感じた。

火玖翔の方はごく一般的な店員としての接客態度で素っ気なかったが、エリアスは帰宅してからもなぜか彼のことが頭から離れなかった。

その後、火玖翔のことで気もそぞろだったせいか、遊び仲間の女性に一服盛られてしまったのは、まさに痛恨《つうこん》の極みだ。

なんとか逃げ出したものの、財布もスマホも置いてきてしまった身ではどうしようもなく、ふと気づくと足はあの日本料理店へ向かっていた。

媚薬を盛られ、発情した身体は、無意識のうちに彼を求めていたのかもしれない。

会える確率は低いと思っていたのに、偶然再会できた彼は自分を家に入れて介抱してくれた。

家族の愛情以外、幼い頃から欲しいものはすべて手に入れてきたエリアスにとって、それは久しぶりに味わう望外の喜びだった。

自分の発情にあてられ、火玖翔がためらいながらもぎこちなく応じてくれた時には、もう欲望を抑えきれなかった。

何度彼を抱き、果てたのか回数も憶えていないくらい夢中だった。

火玖翔は、その美貌に似合わず行為に慣れていなくて、その初々しさもエリアスを有頂天《うちょうてん》にさせた。

やはり、自分たちは運命のつがいなのだ。

彼を自分のものにするため、エリアスは強引にその項につがいの印を刻んだ。

人生で、かつてないほど浮かれていたエリアスは、火玖翔ももう自分を伴侶として認めてくれたものだと思い込み、またすぐ会えると信じて疑わなかった。

小切手を渡そうとしたのは、タクシー代を立て替えてもらっていたことと、純粋に介抱してくれたお礼のつもりだったのだが、なぜかそれが火玖翔を怒らせたようで、腹にきつい一発を食らった。

エリアスに暴力を振るったのも彼が初めてで、その痛みすら嬉しかったのに。

何度連絡しても無視され、二度とかけてくるなと拒絶され、まるで火玖翔の真意が摑めなかった。

幸か不幸か、黙って立っているだけで男も女も寄ってくる人生。

エリアスは自分から誰かを口説くという経験が皆無だったので、こういう場合どうしていいか皆目見当がつかなかったのだ。

身動きが取れないうちに運悪く長時間拘束される仕事が立て込み、その間にいつのまにか火玖翔の電話が繋がらなくなっていて。

心配になって直接アパートメントへ行ってみると、なんと既に引っ越した後だった。

管理人を問い質したところ、日本へ帰国したと聞かされ、絶望で目の前が真っ暗になった。

なぜ彼は、自分に黙って帰国してしまったのか？

あの晩、強い絆で結ばれたと感じたのは、自分だけだったのか？

すぐに火玖翔が働いていた日本料理店にも行き、渋る店員をなんとか宥めすかして聞き出しても、返事は同じだった。

皮肉にも、エリアスはそこで初めて彼の名を知ったのだ。

名前すら知らない相手に恋をして、あっという間にそれは終わりを告げた。

生まれて初めて味わった大失恋で、エリアスはしばらく立ち直れず、ただ目の前の仕事に没頭するしかなかった。

――ホクトを捜そうか……？

日本の探偵を雇い、火玖翔の行方を捜せば、見つかるかもしれない。

だが、そうするにはエリアスの、エベレストよりも高いプライドが邪魔をした。

なぜこの自分が、天下のハリウッドスターである自分が、そこまでしなければならないのか？

冗談じゃない……！

火玖翔が日本に帰国したなら、仮に捜し出してうまくいったとしても海を跨《また》いだ超遠距離恋愛。

それはそれでまたストレスが溜まるだろうと、自分に言い聞かせる。

そう、オメガはほかにいくらでもいる。

運命の相手だと感じたのは、きっとただの錯覚だったのだ。

折しもそんな中、世界中で愛されているファンタジー小説の映画化が決まり、そのメインキャストにエリアスが抜擢され、願ってもない仕事だったため即決で引き受けることにした。

製作前から三部作公開が決まっており、撮影はニュージーランドで二年にも及ぶ長丁場だった。

現地では俳優、スタッフともにコンドミニアムを一棟丸ごと貸し切った共同生活の長期滞在で、エリアスもその撮影スケジュールの過酷さから丸二年ニュージーランドから出られなかった。

だが、失恋の痛手を癒やすにはちょうどいいと、ひたすら役にのめり込み、監督にもその演技を絶賛された。

この大作に出演したことで、エリアスの俳優としての評価はさらに上がることとなる。

皮肉にも、失恋の痛手を誤魔化すために受けた仕事は、彼の名声をさらに轟《とどろ》かせた。

こうして無事撮影を終え、二年後久々に帰国し、第一作が公開された後も、倍増した仕事で過密スケジュールに追われる日々に戻った。

だが、どれほど時間が経っても、火玖翔のことが頭から離れない。

どんな美女に口説かれても、まったくその気になれない自分にショックを受ける。

恋愛なんてくだらない、時間の無駄だと嘯いていた過去の自分を、タイムマシンで戻って殴ってやりたい。

ロサンゼルスへ戻ると、取り巻きの男女からは夜のお誘いが引きも切らなかったが、エリアスはそれ以来きっぱりと夜遊びをやめた。

始終エリアスにつきまとい、スクープを狙っていたパパラッチたちも、ニュージーランドから帰国して以来、突然品行方正に転向した彼に戸惑いを隠せなかったようだ。

悶々としながら仕事漬けの日々が流れ、火玖翔と離れ離れになってから三年が経ち。

もはや我慢の限界だった。

——日本へ、ホクトを捜しに行こう。

エベレストより高いプライドが邪魔をし、そんなみっともない真似は死んでもできないと今まで動けずにいたが、なぜ彼が自分の許から黙って去ったのか、その理由を問い質さないことには、どうしても納得できない。

会って説得すれば、必ず火玖翔は自分を受け入れてくれる自信があった。

——そうだ、意地を張らずに最初からそうすればよかったんだ。私たちはつがいの印を刻んだ仲なのだから。

そうと決めると決断は早く、エリアスは日本でも有数の腕利きだという探偵に依頼し、火玖翔の行方を捜させた。

知っているのは容姿と名前、ロサンゼルスにいた頃の住所と電話番号という乏《とぼ》しい情報だけで、さらに三年以上経過していたが、先方は数ヶ月でみごと火玖翔を捜し出してくれた。

その送られた報告書に目を通した瞬間、エリアスは我が目を疑った。

現在の姿として参考に添付されていた写真には、笑顔の火玖翔が二、三歳の幼児を自転車に乗せて走っている姿が写っていたのだ。

蜂蜜色の巻き毛をした愛らしい幼児は、鼻筋や顔立ちが幼い頃の自分に瓜二つで、どう考えてもあの晩に授かった子としか思えなかった。

事実、計算もぴったり合う。

調査報告書によると、火玖翔は現在東京で息子の凛乃とアパートメントで二人暮らし。

近所に住む親族の助けを借りながら、フリーランスの通訳として働いていることもわかった。

なぜ火玖翔は、妊娠を隠して自分の許から姿を消したのか？

ハリウッドスターの子を身籠《みご》もろうと画策するグルーピーは山ほどいるので、エリアスは今まで避妊には特に気をつけていた。

だがあの晩はいつも持ち歩いている避妊具もないまま、激情に任せて火玖翔を抱いた。

もちろん中に出さないよう気をつけていた……はずだったが、何度目かからは記憶がない。

それくらい、火玖翔を抱くのに夢中だったから。

たった一夜の行為で子どもを授かるとは夢にも思っていなかったエリアスは、激しく動揺した。

――私との子なのに、なぜホクトは養育費を請求してこないんだ……⁉

過去、自分の周囲では、ハリウッドスターたちがこうした場合まず間違いなく天文学的な慰謝料及び養育費を請求される裁判を起こされるのを何度も目の当たりにしてきたので、妊娠したことすら隠して姿を消した火玖翔が理解不能だった。

問い質して、彼の気持ちを確かめたい。

今すぐにでも日本へ飛び立ちたいエリアスに、天は味方をしてくれる。

実にいいタイミングで、日米合作映画の主演のオファーが入ったのだ。

アクションが売りのサスペンス大作で、日本とロサンゼルスと半々で撮影するため、日本での撮影期間は約三ヶ月。

つまりはその間、日本に滞在して思う存分火玖翔を口説くことができるのだ。

今、日本に行ける仕事なら、着ぐるみを被ったお伽噺《とぎばなし》でも喜んで引き受けよう……！

二つ返事で出演を決めたエリアスは、こうして用意周到に火玖翔を自分専属の通訳として依頼し、一世一代のプロポーズ大作戦を決行に移したのだ。

だが、得てして物事は予定通りにはいかないものだ。

偶然を装って火玖翔のアパートメントを急襲し、さも初めて凛乃の存在を知った風にして誘拐を口実に、強引に同じホテルへ住まわせるところまではなんとか成功した。

しかし依然として火玖翔の塩対応は変わらず、あろうことかかなり警戒されている。

——おかしい……こんなはずではなかったんだが。

この膠着《こうちゃく》状態を、どうすれば脱却して二人の関係を進展させることができるのか？

エリアスが悶々と悩んでいると、ロイに「ちょっといいですか？」と声をかけられる。

「なんだ、私は今忙しいんだ。後にしろ」

「そ、そうはいきませんっ、僕にもきちんと事情を説明していただきませんと」

普段は気弱なマネージャーのロイが、勇気を振り絞って食い下がってくる。

その隣には、ボディーガードのライアンもいて、心配げになりゆきを見守っていた。

「説明？　なんのだ？」

「惚けないでくださいっ。今まで聞けませんでしたが、ホクトさんの息子、リノくんのことです。どこからどう見ても、エリアス、あなたの子役時代にそっくりですよね⁉　日本に隠し子がいるなんて、聞いてないですよ⁉」

「……ああ、私も知ったのは最近のことだからな」

「そんな悠長なことを言ってる場合ですかっ！　日本のマスコミに嗅《か》ぎつけられたら、どうするつもりです⁉」

「大丈夫だ。私とホクトは結婚するんだから、問題ない」

「は⁇　け、結婚⁉」

ロイを安心させるためにそう教えたのだが、エリアスの返答はさらにロイを混乱の坩堝《るつぼ》へ叩き落としたようだった。

「どんな美女に言い寄られても、独身主義だと主張し続けてきたあなたが、結婚ですか⁉　いや、それより前に、ホクトさんは了承されてるんですか⁉」

「いや、まだだ。タイミングを見てプロポーズしようと思っているが、この私からの求愛を断れる人間が世界にいると思うか？」

自信満々に答えると、なぜかロイとライアンが少し離れたところへ移動し、ヒソヒソと耳打ちを始める。

「ホクトさん、どう見てもこのホテルに無理やり連れてこられて迷惑そうでしたよね……？」

「ええ、私の目にも、そう見えましたが……」

「おまえたち、なにをコソコソやっている？」

「ええっと……すみません、エリアス。僕たちにも理解できるように、最初から経緯を説明していただけますか？」

「いいだろう。おまえたちには、いずれ事情を話すつもりでいたんだ」

これ以上二人に心労をかけるのは本意でないので、エリアスは初めて自分と火玖翔の出会いから今に至る経緯を最初から話して聞かせた。

「……というわけだ」

「話を整理しますと、ホクトさんとは四年前の偶然の出会いで一夜を共に過ごしただけで、それ以来の再会なんですね？」

「そうだ」

「当時、交際や結婚の約束はされたんですか？」

「いや、その前にホクトが突然日本に帰国してしまったんだ」

その返事に、ロイとライアンが顔を見合わせている。

だからエリアスが、日本での撮影があるこの映画の仕事を引き受けたのか、と思っているのが、彼らの表情が雄弁に物語っていた。

「……ええっと……非常に言いにくいんですが、ホクトさんはエリアスと交際する意志がなかったから、黙って日本に戻られたのでは？」

言外に、火玖翔にとっては一夜の遊びだったのでは？　と匂わされ、エリアスは不機嫌になる。

「……だから、それを確かめるために日本に来たんだろうが。なに、ホクトには私が刻んだつがいの印がある。今は意地を張っているが、すぐ私の求愛を受け入れるようになるさ」

そのために、わざわざ映画関係者が用意した通訳を断ってまで、火玖翔を自分専属の通訳として雇ったのだ。

この三ヶ月で、必ず火玖翔を自分の方へ振り向かせてみせる。

ロイたちの不安をよそに、エリアスはそうあらたに闘志を燃やしていた。

◇　◇　◇

一方、火玖翔はというと、依然エリアスの真意が摑めぬまま、慌ただしい日々を過ごしていた。

今作のスケジュールは多少余裕はあるようだが、それでも進行がずれ込んで撮影が深夜まで及ぶ日もある。

エリアスが手配してくれたベテランシッターには、凜乃もすぐに懐いてくれたのでとても助かっているが、実家の晃宏たちとずっと会っていないのが気にかかった。

その頃、ちょうど晃宏の誕生日が近かったため、プレゼントはなにがいいかと電話すると、せっかくだから泊まりに来いよと誘われる。

凜乃に聞くと「アキたんちでおとまりしたい！」と大喜びだったので、久しぶりに訪問させてもらうことにした。

「あの、明日は一晩外泊してきます。翌朝の、撮影が始まる時間までには戻りますので」

一応事前にそう報告すると、エリアスが目を剝く。

「なぜだ？　どこに泊まるつもりだ？」

「実家ですよ。従兄の誕生日なんで、家族でお祝いするんです。凛乃もお泊まりを楽しみにしてるので」

「……………わかった」

まるで特濃青汁でも一気に呷《あお》ったかのような苦虫を嚙み潰している表情のエリアスに、火玖翔は内心首を傾げる。

——いったい、なんなんだ、この人は？

仕事に迷惑はかからないようにしているのだから、プライベートな時間までとやかく詮索される筋合いはないのだが、今までの経験から、答えるまで延々食い下がられるので、やむなく教えてしまった。

まぁ一応了承は得たのだからと、火玖翔はその日の撮影が終了した後、凛乃を連れて久しぶりに実家へ戻った。

「遅くなってすみません」

到着した時には、既にテーブルの上にはたくさんのご馳走が並んでいて、火玖翔たちが揃うとさっそく誕生日パーティーが始まる。

「晃宏、誕生日おめでとう」

「アキたん、おたんじょうびおめでと〜！」

晃宏が待ちかねている様子だったので、用意しておいたプレゼントを、凛乃から渡してもらう。

中身は前から晃宏にリクエストされていた、最新のゲームソフトだ。

「お、これこれ！　待ってたんだ！　ありがとな。凛乃、後で一緒にやろう」

「うん！」

今日は晃宏の父、すなわち火玖翔の伯父にあたる延雄も揃っていたので、晃宏の両親と祖母、晃宏と火玖翔たちと人数が多いため、ダイニングテーブルとリビングのソファーセットで分かれてご馳走をいただく。

「わぁ、おいしそう！」

晃宏は唐揚げが大好物なので、誕生日は苺のホールケーキに唐揚げと毎年決まっているのだ。

凛乃も唐揚げが好きなので、大喜びだ。

「晃宏、誕生日おめでとう！」

「ありがとう！」

晃宏がケーキのロウソクを勢いよく吹き消した後、楽しい食事会が始まる。

久しぶりに祖母と伯母の手料理を食べて、火玖翔もほっとするひと時だった。

「それよか、三ヶ月もホテル暮らしなんて大変じゃないのか？　なんでアパートから通っちゃいけないんだ？」

詳しい事情は話していないので、食事しながらそう晃宏に心配され、火玖翔は言葉を濁す。

「……まぁ、ハリウッドセレブは守秘義務とかいろいろあって、面倒なんだよ。あとしばらくの辛抱だから」

「そうか。なにか困ったことがあったら、すぐ言えよ？　おまえは昔からなんでも一人で解決しようと抱え込むとこがあるからな」

「ありがとう、晃宏。困ったらちゃんと相談するよ」

従兄の気遣いが嬉しくて、火玖翔が微笑んだ、その時。

玄関のインターフォンが鳴る。

「こんな遅くに、誰だろう？」

「あ、俺出るよ」

身軽く立ち上がり、火玖翔は玄関へと向かう。

「はい」

てっきり宅配便かなにかだと思って気軽にドアを開けると……そこにいたのは、なんとエリアスだった。

しかもなぜか、いつものお忍びの変装姿ではなく、まるでグラビアの撮影直後のように高級な三つ揃いのスーツで全身を固め、決めポーズで立っている。

「エ、エリアス⁉　なぜうちに……？」

「従兄の誕生日祝いなんだろう？　祝いに来た」

「え、ちょ、ちょっと⁉」

あっけに取られているうちに、大きな花束といくつもの紙袋を下げたエリアスは、さっさと玄関に入ってしまう。

「靴！　靴は脱いでくださいねっ」

また土足のまま上がられてはたまらないので、なんとかスリッパを履かせていると、騒ぎを聞きつけたのか、祖母と伯母が廊下に顔を覗かせた。

「火玖翔、お客様？　……って、ええええっ⁉　もしかして、エリアス・ミラー⁉」

「あらあら、まぁまぁ！」

「え、伯母さんたち、エリアスのこと知ってるの？」

「当たり前じゃない。エリアスさんが出演している映画はぜんぶ観てます！　大ファンなんです！」

意外にも、伯母は以前からエリアスのファンだったらしい。

伯母に映画に付き合わされているうちに、祖母も好きになったというから、驚きだ。

「なにをそんなに驚いている？　この私の知名度からすれば、まったくおかしなことでもないだろう」

「……アー、ソウデスネ」

相変わらずの自己評価の高さに虚無《きょむ》っているうちに、エリアスは持参してきた巨大な薔薇《ばら》の花束を伯母たちへと差し出す。

「初めまして、マダム。夜遅くに、突然の訪問をお許しください」

流暢《りゅうちょう》な日本語でそう挨拶するエリアスに、火玖翔はさらに驚かされる。

自分をからかうために習っているとばかり思っていたが、予想以上にエリアスは真剣に日本語を学んでいたようだ。

「今日はホクトの従兄が誕生日だと聞いて、プレゼントを届けに来たのですが、この花束はお美しいお二人に差し上げたくなりました」

「まぁ、そんな。嬉しいわ！」

絶世のイケメンに甘い言葉を囁かれ、伯母はもうメロメロだ。

「こんな玄関先でなんですから、上がってくださいな。ご迷惑でなければお食事召し上がっていって」

「お祖母ちゃん⁉」

人の好い祖母が、エリアスにそう勧めるので、火玖翔は慌てて阻止《そし》しようとするが、

「そうですか、では遠慮なく」

エリアスはすかさずダイニングへと入っていってしまう。

「ちょっと、火玖翔くん！　専属通訳してるのがエリアスさんだって、どうして隠してたのよ⁉　もう、びっくりした！」

「そ、それは……守秘義務があって……っ」

苦しい言い訳をするが、一応伯母は信じてくれたようだった。

「あ、エリたんだ！」

突然のエリアスの登場に驚く凛乃だったが、すぐ彼を食事の席へ誘導する。

まばゆいばかりのスターオーラを放つエリアスが座に加わると、皆が浮き足立った。

「ハ、ハリウッドスターがうちに来るなんて、これは夢なのか……⁉」

「父さん、とりあえずビールをっ！」

伯父と晃宏も慌てふためき、改めて再度乾杯する。

皆、エリアスに聞き取れるようになるべくゆっくりと話し、内容が込み入ってくると火玖翔が通訳してやる。

そうして、伯母一家とエリアスはそれなりに円滑に意思疎通できるようになり、すぐに打ち解けた。

「アキヒロはホクトの従兄と聞きましたが、お仕事はなにを？」

「あ、俺はフリーのＷｅｂデザイナーやってます」

なにを考えているのか、エリアスはなぜか晃宏のことをあれこれ聞いてくるので、火玖翔は内心気

が気ではない。

――人の実家まで押しかけて、いったいなにを企んでるんだ、この人は⁉

可能なら、今すぐ襟首《えりくび》を摑んで問い詰めたいところだ。

だが、食事をしながら披露されるハリウッドでの撮影秘話などを織り交ぜたエリアスの話術は実に巧みで、あっという間に伯父一家を魅了してしまう。

和気藹々《わきあいあい》としたその場で、火玖翔だけが不穏なオーラを醸《かも》し出しそうになるのを必死に堪えていた。


「エリアス、ちょっと」

食事が一段落ついたところで、火玖翔は彼を家族から離れた廊下へと呼び出す。

「なんだ？」

「なんだ？　じゃありませんよ。いったいどういうつもりなんですか？」

伯父一家には聞こえないよう声を潜め、エリアスを詰問《きつもん》する。

「専属通訳の家庭環境を確認しに来ただけだ。そうおかしいことでもあるまい」

「いやいや、おかしいですって。普通しないでしょう⁉　おまけに、なんだか晃宏のこと、あれこれ詮索してるし。いったいなにを企んでいるんです⁉」

「……あの従兄とは」

「？　なんです？　はっきり言ってください」

「……彼が、きみの今の男……なわけがないよな？　きみには私がつがいの印を刻んでいる。四年間離れていたとはいえ、つがいは解除したわけじゃない」

エリアスがなにを言いたいのか初めは理解不能だったが、要するに自分と晃宏の仲を疑っているのだとやっとわかり、あきれてしまう。

「は⁇　いったいなに言ってるんですか？　どうかしてる！」

憤然と居間へ戻ろうとするのを、エリアスがその二の腕を摑んで引き留めた。

「答えろ。どうなんだ？」

摑まれた腕から彼の体温が伝わってきて、ドクン、と鼓動が跳ね上がる。

動揺を誤魔化すため、きっと彼を睨みつけ、火玖翔はその手を振り払った。

「……晃宏は俺の従兄ですよ？　下衆《げす》な勘ぐりはやめてください。俺にも晃宏にも失礼でしょう」

火玖翔の言葉に嘘はないと感じたのか、エリアスが軽いため息をつく。

「……そうか。やはり、そうだよな。いや、ならいい」

「は？　いったいどういうつもりなんです⁉　今日という今日こそは、言わせてもらいますけどね……！」

今までの彼の奇行で、鬱憤《うっぷん》は既に溜まりに溜まっている。

雇用主とはいえ、もはや我慢の限界だ。

今回ばかりは言ってやる、と火玖翔が満を持して毒舌の嵐を吹き荒そうとした、その時。

居間から晃宏がやってきて、二人はピタリと会話をやめた。

「二人とも、こんなとこでなにやってるんだよ。リビングで話せばいいのに」

「あ、晃宏……」

「やぁ、アキヒロ。今後ともホクトをよろしく頼む」

「なに急にフレンドリーになってるんですかっ。ってか、あなたによろしくされる筋合いありませんけど⁉」

もはや突っ込みが追いつかない火玖翔だったが、晃宏はふいに真顔になる。

「……あの、エリアスさん。立ち入ったことを聞いて申し訳ないんですけど……」

いったん言い淀んだ晃宏だったが、意を決した様子で顔を上げ、続けた。

「あなたが、その……凛乃の父親、なんですか……？」

「晃宏⁉」

「母さんたちはまだ気づいてないみたいだけど、俺、エリアスさんが子役時代に出てた映画が好きで、何作か観てるんだ。凛乃は、子役時代のエリアスさんに瓜二つだから……」

やはり、気づかれてしまったのか。

だからエリアスを彼らに会わせたくなかったのに。

嘘をつくことができず、うつむく火玖翔に、晃宏がそれを肯定と捉《とら》えたようだ。

「やっぱり、そうか……」

エリアスがアルファだというのは、映画業界でも有名なことなので、もしかしたら、と思ったのだという。

「……ごめん、隠してて」

エリアスに再会しなければ、一生誰にも言うつもりのなかった、秘密。

こんな形で従兄には知られたくなかった、と火玖翔は唇を噛みしめる。

「いや、でも安心しました。火玖翔は父親のこと、頑なに話そうとしなかったので。本当によかった」

と、晃宏はエリアスに向かって告げる。

どうやら彼は、二人が今は円満な関係にあると誤解しているようだ。

「ち、違うんだ……」

慌てて否定しようとしたが、そこでエリアスが割って入ってくる。

「もちろんだ。これからもよろしく頼む」

と、晃宏に握手を求め、晃宏も恐縮しながら「こちらこそ、よろしくお願いします」とそれに応じた。

――いったい、なんなんだ、この状況は⁉

一番の当事者でありながら、一人流れに取り残された火玖翔は、ただ茫然とするしかなかった。

◆　◆　◆

「ロイ、なにか私に聞きたいことがあるんじゃないか？」

「は？」

エリアスからのあからさまな誘い受けに、長い付き合いなのですっかり慣れているロイは、空気を読んでこう質問する。

「こ、このところご機嫌ですね。なにかいいことでもあったんですか？」

恐る恐るそう声をかけられ、スイートルームのソファーで台本を読み込んでいたエリアスは、待ってましたとばかりに上機嫌でその長い足を高々と組み替える。

「まぁな。ホクトの実家を訪問して、彼の親族との親睦を深めてきた」

「え……それって、いきなり家にお邪魔したんですか？」

「そうだ。それに、ホクトの新しい男かと疑っていた従兄が、私をリノの父だと見抜き、私たちの仲を応援すると言ってくれたので、なかなかの成果だった。いや、この私がつがいの印を刻んだのだ。ほかの男ができたかもしれないなど、本当に無用な心配だったたな、ははは」

と、一人ご機嫌だったエリアスだが、そこでふと表情に愁《うれ》いがよぎる。

「だが、ホクトは依然、私に冷たい。もう極寒のシベリアも太刀打《たちう》ちできないくらい、びっくりするほどのクールっぷりだ。全米を、いや、全世界を魅了するこの私に、ここまで愛されて、いったいなにが気に入らない？」

「いやぁ……今のところ、ホクトさんに嫌われることしかしていない気がしますが」

うっかりライアンが本音を漏らしてしまうと、ロイが慌ててその口を塞ぐ。

「ライアンっ、そんな正論を聞いたら、エリアスが倒れてしまいますっ」

「す、すみません、つい……」

だが、浮かれるエリアスの耳には幸いその言葉は届いていなかったようで、彼は鼻歌交じりにスマホを手にする。

「そういえば、ホクトたちが遅いな。なにをやってるんだ」

いつもの朝食の時間に姿を見せないので、さっそく電話をかけている。

「おはよう、今日もいい朝だ。ホクト、朝食の時間なのに、なぜ来ない？　……は？　聞いてないぞ。なぜだ？」

どうやら、電話でも相当冷ややかな対応を取られ、一緒に朝食は摂らないと、有無を言わさず切られてしまったようだ。

「……今日は行けないと言われた。まったく、ホクトの奴はなにを怒っているんだ？　さっぱり理解できん」

「え～っとですね……エリアスが自分の実家を突撃訪問したことと、そのせいで従兄にあなたとの関係を知られてしまったから、ではないですかね……」

非常に言いにくそうに、ロイが告げるが、エリアスは納得していない。

「知られてなにが困る？　まさか、この私との関係が知られて恥ずかしい類《たぐ》いのものだとでも？」

「アルファとオメガの関係性は、この国ではまだ理解されにくいものですし、特に身内には段階を踏んで伝えたかったのではないでしょうか」

ライアンにもそう言われ、エリアスは黙り込む。

「……もしかして私は、急ぎ過ぎたのか？」

「お話を伺《うかが》う限り、ホクトさんはエリアスの好意に気づいていない気がしますので、もういっそはっきりと求婚なさった方がいいのでは……？」

見かねたロイがアドバイスするが、エリアスはとんでもないといった様子で目を剝く。

「ホクトはまだ、私への好意を素直に口に出さないんだぞ⁉　いや、ホクトが私に夢中なのは、言葉に出さずとも明白なのだが、そんな状態で私から先に求愛するのは納得できん……！」

断固として自分からの求愛を拒むエリアスに、ロイとライアンは顔を見合わせる。

「……なんだかさらに拗《こじ》れそうな気がするのは、僕だけでしょうか？」

「いえ、私も同感です」


「ねぇねぇ、どうしてきょおはエリたんといっしょにあさごはんたべなかったの？」

いつものように保育園まで車で送ってもらい、手を繫いで園の入り口まで向かう道すがら、凜乃に問われ、火玖翔は返事に困る。

「それは……ちょっと会いたくなかったから、かな」

実家に一泊した後、再びホテルへ戻ったものの、腹の虫が治まらない火玖翔は、その後仕事以外では一切エリアスとの接触を拒否しているのだ。

――まったく、あの人ときたら、外面だけはいいんだから。

エリアスの紳士的な振る舞いに、すっかり魅了されてしまった伯母と祖母は、さらに彼に夢中で、大変なことになっている。

反面、晃宏には自分たちの関係を知られてしまい、気まずいことこの上なかった。

こんな形で知られるくらいなら、晃宏には隠さず自分で伝えておけばよかったと後悔する。

思い出すと、またエリアスへの怒りがふつふつと込み上げてきた。

脳内で、あの嫌味なほど長い足にエンドレスローキックをお見舞いしていると、凛乃が繋いでいた手をつん、と引っ張り、火玖翔を見上げる。

「エリたんとケンカしちゃったの？　そしたらりのがごめんね、してあげる！」

「……大丈夫だよ。ホクたんがちゃんとするから、凛乃はなにも心配しなくていいよ。ありがとね」

我が子の優しさが嬉しくて、しゃがんだ火玖翔はその愛らしい額にこつんと自分の額を当てて微笑む。

「さぁ、ホクたんも、頑張ってお仕事してくるか！」

「うん、がんばってね！」

バイバイと手を振って凛乃と別れ、火玖翔は急ぎ足で保育園を後にした。

ママ友に見られる可能性が高いので、正門前に高級外国車で横づけはしないでほしいと頼み、少し離れたところで待ってもらっている。

「すみません、お待たせして……」

そう言って後部座席に乗り込もうとすると、中に人が座っているのに気づく。

「この私が、自ら迎えに来てやったぞ。光栄に思え」

嫌味なほど長い足を高々と組み、いつもの変装姿のエリアスが、泰然《たいぜん》と後部座席を占領していたので、火玖翔は半眼状態になった。

そして、「……俺はバスで撮影所まで戻りますので、行ってください」と運転手に声をかけ、足早に車を通り過ぎてそのまま歩き出す。

すると、エリアスが後部座席から降りてきた。

「おい、なぜ乗らない？」

「今は、あなたの顔を見たくないので。仕事はちゃんとやるんでご心配なく」

「……実家に行ったことを、怒っているのか？」

「おや、一応悪いことをした自覚はあったんですね。意外でした」

自分に一瞥《いちべつ》もくれず、競歩並みのスピードで大通りへ向かう火玖翔を、エリアスは長い足で苦もなく追いついてくる。

「嘘をついたわけじゃない、本当のことだろうがっ。それとも私とのことを、親戚に知られるのが恥ずかしいのか？」

「……誰もそんなこと、言ってません」

自分でも、なぜこんなにイラついているのかよくわからない。

エリアスはこういう人間だとわかっているのだから、今さら怒ったところでどうなるわけでもないのに。

腹立ち紛れに足を止め、火玖翔は彼を振り返り、詰問する。

「いったい、なにがしたいんですか？　俺への嫌がらせですか？」

「……私がそんな暇人に見えるか？」

「理由がわからないから聞いてるんですけど」

いきなり四年ぶりに目の前へ現れたかと思えば、自分と同じホテルに住まわせたり実家に押しかけたり、彼の言動は意味不明過ぎて理解不能だ。

「……だって、俺はあなたのこと、なにも知らないんですから」

互いが何者かも、名前すら知らないまま、たった一晩、衝動に任せて身体を重ねただけの関係。

ほとんど話をする暇もなかったので、彼の人となりを知ることもできないほどの、短い逢瀬《おうせ》だった。

「……本当に、わからないのか？」

そう尋ねたエリアスは、サングラス越しにもなぜかひどく悲しげな表情に見え、ズキリと胸が痛くなる。

と、その時。

目の前の大通りで、車の急ブレーキ音と激しい衝突音が聞こえてきた。

「なんだ⁉　事故か⁉」

「誰か！　救急車を！」

三叉路《さんさろ》がにわかに騒がしくなり、火玖翔も事故に気を取られる。

見たところ、ライトバンと乗用車の出会い頭の衝突事故らしく、双方の運転手が運転席から降りてきたので、幸い命に関わるような事態ではなさそうでほっとした。

「よかった、運転手さんたち、大した怪我じゃなさそうですよ」

そう言いながら、エリアスを振り返ると、彼がなぜか顔面蒼白だったので驚く。

「ど、どうしたんですか⁉」

「……なんでもない」

虚勢を張りつつ、彼がグラリと体勢を崩しかけたので、慌てて両手で支える。

「とにかく、少し休みましょう」

「……いや、いい。そろそろ時間だ。早くスタジオに向かわないと」

事故現場から顔を背けたまま、エリアスが掠《かす》れ声で呟く。

「わ、わかりました」

手近のカフェで休憩させようと思ったのだが、彼が拒否したので、火玖翔は急いでまだ保育園近くで待機していた運転手に電話で迎えに来てもらい、エリアスと共に後部座席へ乗り込んだ。

「本当に、大丈夫ですか?」

「ああ、少し気分が悪くなっただけだ。心配ない」

車内に入ると、ウィッグとサングラスを外したエリアスがぐったりと後部座席に頭をもたせかけたので、シートベルトを締める前に、火玖翔は彼の前髪を掻き上げ、その額に自分の額を押し当てて熱を測った。

「……熱はないようですね」

ほとんど無意識のうちにやってしまってから、エリアスが驚いたように瞠目《どうもく》し、こちらを見ているのに気づいて、しまったと青くなる。

「す、すみません、よくこうして凛乃の熱を測ってるので、つい……」

「……いや」

目を閉じたエリアスが、隣の火玖翔の肩口に頭をもたせかけてくる。

「寄りかかっても、いいか……？」

盛大な喧嘩をしていたはずなのに、いつのまにか有耶無耶《うやむや》になってしまったなと思いつつ、火玖翔は拒めなかった。

「……具合が悪い時は、やむを得ませんね」

そう返事すると、エリアスはなぜか右手で火玖翔の左手を握ってきた。

「……手まで握っていいなんて、一言も言ってませんが？」

「固いことを言うな」

こうしていると落ち着く、と、エリアスがぼそりと呟いたので、火玖翔は困惑しながらもそれを拒絶することはできなかった。

彼の大きな手から伝わってくる温もりで、なぜだか彼とは反対に落ち着かない気分になってくる。

——この人が弱ってるとこなんて、初めて見た。

いつも傲岸不遜で、自信に満ち溢《あふ》れていて、鼻につくほどスターオーラ全開のこの人が、こんな風に弱々しいと、毒舌も吐きにくいではないか。

てっきり過密スケジュールで体調を崩したのかと思ったのだが、どうやらそうでもないらしく、撮影スタジオへ戻ると、エリアスはその後なにごともなかったかのように撮影をこなしていたので、ほっとする。

もしかして、偶然目撃した事故がなにか関係あるのだろうか？

どうにも気になって、エリアスが撮影中、こっそりロイに話しかけてみる。

「ロイさん、あの……つかぬことを伺いますが、エリアスは過去に、なにか事故に遭ったりしたことがあるんでしょうか？」

「どうして、それを？」

ロイが即座に心当たりがありそうな反応をしてきたので、火玖翔は朝の事故現場でのことを話して聞かせた。

すると、ロイの表情が曇る。

「そんなことがあったんですか……私たちの前では、極力悟《さと》らせないように振る舞っていたんですね……。エリアスは幼い頃、自動車事故に遭っているらしいんですよ」

「自動車事故……？」

ロイの話によると、エリアスがプレスクールの入学式に両親と共に参加する際、それを聞きつけたパパラッチたちが一家を撮影する数少ないチャンスだと学園前に押しかけ、そのうちの悪質な一台がエリアスたちの乗っていた車の進路を強引に塞いで撮影しようとし、誤って追突事故を起こしたのだということ。

その時、エリアスは後部座席で両親に挟まれる形で座っていたらしい。

エリアス自体は軽傷だったのだが、両親がそれぞれムチ打ちなどの怪我を負い、しばらく仕事を休むことになってしまったらしい。

「幸い、その事故でほかにひどい怪我人は出ませんでしたが、ご両親がしばらく休業を余儀なくされ、当時のマスコミでもずいぶん騒がれたそうです」

痕に残るほどの傷ではなかったが、彼の両親は「今後の仕事に差し障りが出る。入学式なんか行くんじゃなかった」と大荒れだったとか。

「その後、補償問題などで泥沼の裁判沙汰となり大変な思いをしたのも、エリアスには幼心にショックだったんでしょう。しばらく学校にも行かれず、カウンセリングに通ったとか」

「そうだったんですね……」

完全無欠に見える彼にも、そんなトラウマがあったのかと火玖翔は複雑な気分になる。

確かに、自分の学校行事で両親が揃って参加してくれるのは滅多にない機会で嬉しかっただろうが、それが原因で彼らを傷つけてしまうことになったと、エリアスは苦しんだのだろう。

ましてや、自分たちの心配ばかりで無自覚に幼いエリアスの心を傷つけた両親に、他人事ながら苦い思いが涌き上がる。

火玖翔がしばし考え込んでいると、ロイが思い切った様子で口を開く。

「あの……エリアスは誤解されやすいですが、決して悪い人ではないんです。先日も、突然ご実家に押しかけたりしたようで、僕からもお詫《わ》びします。でもそれも、ホクトさんとリノくんと一緒にいたいという思いが暴走してしまったせいだと思うので……どうか許してあげてください」

ロイに謝罪され、火玖翔は内心慌てる。

「え……？　もしかしてロイさんは俺とエリアスのことを……？」

「はい、エリアスを問い質して聞き出しました。ライアンと僕だけが知っています。勝手にすみません。絶対に秘密は守りますから」

ロイたちは凛乃の顔を知っているし、常日頃エリアスと行動を共にしている彼らに凛乃がエリアスの子だとバレるのは、どうせ時間の問題だっただろう。

「そんな、ロイさんが謝るようなことではないですよ。気にしないでください。こちらこそ、隠していて申し訳ないです。エリアスの言動は、ただの気まぐれなんだと思います。ホント、俺たちはそういうんじゃないので」

火玖翔がそう返すと、ロイはなにか言いたげな表情になったが、それを押し殺しているようだった。

「それにエリアスが失礼なのには、もうとっくに慣れました」

「奇遇ですね、僕もです。あはは」

と、共にエリアスに日頃振り回される被害者である二人は、乾いた笑い声を立てる。

「はい、カット！」

と、そこでＯＫが出て、いったん休憩になり、セットからエリアスが戻ってきた。

作中の衣装である、黒の革製バイクスーツにサングラスの黒ずくめな出で立ちだが、身体のラインがはっきりとわかるだけに、その長身と惚れ惚れするほどの足の長さが際立っている。

あまりの格好良さに一瞬見とれてしまってから、慌てて目を逸らす。

――ロイさんからあんな話を聞いちゃったら、いつもみたいに素っ気なくしにくいじゃないか。

すると、エリアスが火玖翔の目の前に立ち、なぜかグラビアばりの立ちポーズを決めた。

「……なにやってるんですか？」

「今、私に見とれていただろう？　本来写真はＮＧだが、きみになら特別に許可しよう。待ち受けにしてもいいぞ」

「……けっこうです」

「なぜだ？　遠慮するな」

――やっぱ腹立つ……っ‼

火玖翔を怒らせたことなど、もうすっかり忘れている様子の彼に、火玖翔はシベリア級のブリザード吹きすさぶ氷の愛想笑いをお見舞いしてやった。

◇　◇　◇

「キョートに行くぞ」

　エリアスが来日してから、早二ヶ月が過ぎようとしていたその日、いつも通り撮影現場に向かう車中で、いきなりエリアスがそう宣言する。

「え？　京都ですか？」

「明日の午後から明後日の夕方まで、完全オフをもぎ取った。ニホンに来たら、キョートに行かねば話にならないからな」

　どうやら、ここ数日撮影スケジュールがさらに過密だったのは、エリアスが休暇を取るためだったようだ。

「はぁ、でも一泊旅行でしたら別の通訳にお願いします。俺は泊まりは無理なので」

　いくら優秀なシッターをつけてもらっていても、凛乃を置いて外泊などできるわけがないので、そう言うと、エリアスはこともなげに「リノも連れていけばいい」と言い放った。

「は？　本気で言ってるんですか？　三歳児連れのお出かけがどれほど大変か、経験ないからそんな簡単に言えるんですよ。仕事しながら、子連れで泊まりの旅行なんて無理です、無理」

　幼児連れの旅行がまったく予定通りにいかないことを、知らないから言えるのだ、と内心あきれる。

だが、エリアスは引き下がらなかった。

「そうは言うが、リノが生まれてから旅行に出かけたことがあるのか?」

「……いえ、まだない、ですけど」

言われてみれば、ワンオペで育てるのに必死で、あっという間の三年だった。

近場の海や遊園地に日帰りで遊びに行ったりしたことはあるが、一泊旅行はまだ一度もなかったと思い出す。

「ワンオペで泊まり旅行は、至難の業なんですよ」

「シッターとロイ、ライアンも同行させるから心配ない。それにリノに新幹線へ乗せてやると言ったら、絶対に行きたいと喜んでいたぞ?」

「え、あなた俺より先に、凛乃に旅行の話をしたんですか?」

「というわけだ。異論は受けつけないから仕度をしておくように。明日正午の新幹線で出発だ」

『シンカン戦隊デンシャー』に夢中の凛乃が、新幹線に乗れると聞いたらもう大騒ぎだろう。

それを行かないと説得するのも骨だし、さらにごねても、結局最終的には契約を盾に言うことを聞かされるのだろう。

——こういう人だってわかってるけど、やっぱムカつく……っ!

「……わかりました」

エリアスの思い通りになるのは業腹だったが、火玖翔は渋々了承するしかなかった。

「わぁ、すごい！　ホクたん、みて！　しんかんせん、はじめてのるよ。すっごくうれしい！」

「……よかったね、凛乃」

ホームに新幹線が滑り込んできた時から大騒ぎの凛乃に、火玖翔は記念写真を撮ってやる。

憧れの新幹線と一緒に写真が撮れた凛乃は、もうご機嫌だ。

エリアスはいつものように黒髪のウィッグをつけ、サングラスをかけて一般人に擬態している。

長身なのでそれでもかなり目立つが、本人曰く『スターオーラはオフにしているのでバレない』のだそうだ。

エリアスに促され、グリーン車へ乗り込むが、その車両にはなぜか一人も乗客の姿がなかった。

「あれ、なんで誰もいないんだろう……？」

思わず疑問を口にすると、エリアスがこともなげに「グリーン車を一両貸し切りにした。その方が気楽だろう？」と答える。

「……はぁ」

さらっとそう言われたが、いったいいくらかかったのだろうと庶民の身ではつい金額が気にかかる。

中央の座席シートを向かい合わせにすると、エリアスが凛乃に声をかけた。

「リノ、フジサンが見えるからこちら側の窓際に座るといい」

「うん、ありがと、エリたん」

エリアスは、火玖翔にも向かいの窓際の席を勧めるが、火玖翔は「いえ、俺は凛乃の隣の方が世話しやすいので、あなたが座ってください」と辞退した。

それは事実だったが、エリアスも初の来日なので富士山が見たいだろうと思ったのだ。

「そうか」

そう言ってエリアスは窓際に座ったが、火玖翔は内心意外だった。

――驚いた……この人でも他人を優先させることがあるんだな。

と、内心少々失礼なことを考える。

生まれた時から特別扱いを受けて育ってきた、このハリウッドスターはひどく傲岸不遜な部分もあるが、こうして思いもよらぬ一面を見せることもある。

ふと見ると、シッターとロイ、それにライアンはグリーン車の一番隅の席にまとまって座っている。

エリアスたちからはかなり離れていて、会話等は聞こえない距離だ。

ロイに「なにかあったら声かけてくださいね」と言われたが、これではまるで……自分たちが家族旅行をしているみたいではないか。

そして、ロイたちは暗黙の了解でそれに協力しているように見える。

――いったい、なにを考えているんだ、この人は？

そんな複雑な思いで、火玖翔は熱心に窓の外の景色を眺めているエリアスの端正な横顔を見つめる。

新幹線は東京駅を定刻通りに発車し、神奈川《かながわ》を通過し、そろそろ静岡《しずおか》に差し掛かっていた。

「ねぇ、エリたん。おひざだっこしてぇ」

座高が低いので窓の外の景色が見えにくかったのか、凜乃が突然そう言い出したので、火玖翔は慌てる。

「だ、駄目だよ、凜乃。ほら、ホクたんが抱っこしてあげるから……」

そう言い終えるより先に、エリアスが向かいの席の凛乃を抱き上げ、そちらに移動すると、自分の膝の上に乗せてしまう。

「どうだ、よく見えるか？」

「うん！」

「もうすぐフジサンが見えるぞ」

「どこどこ？」

ワクワクしながら車窓に富士山が見えるのを待ち構えている、エリアスと凛乃の横顔が、そっくりで。

火玖翔は思わず動揺してしまう。

しばらくすると、凛乃が喉が渇《かわ》いたと言い出す。

「ホクたん、むにちゃちょうだい」

「はい、零《こぼ》さないようにね」

持参してきた水筒の麦茶をカップに注いでやると、凛乃は小さな両手で持って、おいしそうにそれを飲む。

「なんだってそんな大荷物なのかと思ったら、水筒まで持ってきていたのか」

「ノンカフェインのドリンクが、手に入らない時もあるので。お口拭きとかタオルとか着替えとか、あとオモチャも。子連れは荷物が多いんですよ」

一泊用の旅行カートを引き、それ以外にも大きめのボストンバッグを持参してきた火玖翔は、そう答える。

お出かけ中に飽きてしまった時のために、お気に入りのオモチャは必須アイテムなのだ。

「そうか……私は子どものことはなにも知らないな」

窓枠に肘を突き、まるで独り言のようにエリアスが呟く。

「……いつかあなたも、自分のご家族ができれば、そんな日常が当たり前になりますよ、きっと」

敢《あ》えて、火玖翔がそんな物言いをすると、エリアスは少し傷ついたような表情になった。

——なんだよ、その顔……。だって本当のことじゃないか。

自分たちは、家族ではない。

ただ運命の悪戯により、三ヶ月という期間限定で再会してしまっただけの関係なのだから。


京都に到着するや否や、「時間がないから急いで移動するぞ」と宣言され、手配していたらしい黒塗りのハイヤー二台で京都駅を出発する。

これも、やはり一台にエリアス、火玖翔と凛乃、もう一台にロイとライアン、シッターが同乗したので、普通、ボディガードのライアンはエリアスと同じ車に乗るのではないかと、火玖翔はさらにモヤモヤした。

着いた先は、模型や実物車両が展示されている、鉄道の体験型施設だ。

「え……ここって……?」

海外からわざわざ京都に観光旅行に来て、なぜ最初がここなのか？

問い質すより先に、エリアスが凛乃を連れてさっさと入場券を買ってしまったので、火玖翔も慌てて後を追う。

「わぁ、えすえるがあるよ、ホクたん！」

絵本でしか見たことがない、本物の蒸気機関車の姿に、凛乃は大興奮だ。

この施設は体験型の展示が多いらしく、運転シミュレータもあり、真っ先にエリアスが整理券を取りに走った。

どうやら、事前に下調べをしてきているようだ。

「リノ、運転できるぞ」

「ほんとに!?」

電車の運転手になるのが夢の凛乃は、もう大きな瞳をキラキラと輝かせている。

エリアスが椅子に座って膝の上に凛乃を乗せ、小さな手にハンドルを握らせてやると、大喜びだ。

「しゅっぱつしんこ～！」

エリアスがサポートしてやり、凛乃の運転でシミュレートの電車が動き出す。

「あ、次カーブだよ、凛乃」

火玖翔も脇に立ち、画面を眺めるうちに、つい夢中になってしまう。

「ホクたんもいっしょにやって！」

「え……？」

凛乃に手を引かれ、ハンドルに左手を置かされると、エリアスの手を上から握るような格好になり、思わずドキリとした。

エリアスも、凛乃を膝の上に抱いたままちらりと火玖翔を見上げてきたので、動揺を悟られないよう、さりげなく彼の手には触れない位置のハンドルに指を添えて誤魔化す。

行動を共にする時は、なるべく距離を置くように気をつけているのだが、こうしてふと触れ合ってしまうと、途端に心臓の鼓動が跳ね上がる。

そんな時、否が応でもつがいの印が刻まれているのを意識してしまう。

――だからいやなんだ。

己がオメガであることを痛感させられ、現実から逃げ出したくなってしまう。

アルファとオメガの本能に振り回されて生きるなんて、まっぴらで。

だから四年前、すべてを断ち切って逃げたのに。

なぜこうして、また再会する羽目になってしまったのかと運命を呪いたくなる。

それでも、凛乃は初めての体験が楽しかったようで、ご機嫌だ。

「すっごくおもしろかった！　またきたいな」

「そうだな。またいつか来よう」

エリアスの返事に、火玖翔は嘘つき、と心の中で呟く。

だって彼が日本に滞在するのは、たった三ヶ月という撮影期間だけなのだから。

――なんだ、俺？　どうしてこんなにイライラするんだろう……？

エリアスが凛乃に優しくすればするほど、もしかしたら凛乃を取り上げられるのでは、という不安と焦りが胸に込み上げてくるせいだ、きっと。

この表現し難い感情を、そう結論づけて押し殺すことにする。

そんな火玖翔の様子に、エリアスが声をかけてきた。

「どうした？」

凛乃がベンチで、休憩所のソフトクリームに夢中の隙に、火玖翔は小声で告げる。

「……ここを選んだのは、凛乃が喜ぶからですよね？　今回はあなたのプライベート旅行なんですから、あなたが楽しい旅にすべきです。そんなに俺たちに気を遣わないでください。正直、やりづらいです」

彼が鉄道に興味があるとも思えないので、ここへ来たのは完全に凛乃を喜ばせるためだろう。

これではまるで、ただの家族旅行ではないか。

自分は通訳として単なる仕事での同行で、自分たちは家族ではないのだから。

暗にそう釘を刺すと、エリアスが軽く肩を竦めてみせる。

「相変わらず頑なだな」

「……こういう性格なもので」

「別に気なんか遣っていない。私は私のやりたいようにしているだけだ。そっちこそ、おかしな気を遣うな」

「でもっ……」

追い縋ろうとすると、エリアスが片手でそれを制す。

「それより、どうだ？」

「どうって……なにがですか？」

さっぱり意味がわからず首を傾げると、エリアスがおもむろに咳払いした。

「私と一緒にいると、私のことを知れば知るほど、その……興味が涌いてきたんじゃないのか？」

「いえ、べつに」

いったいなにが言いたいんだ、と困惑していると、エリアスが焦《じ》れたように続ける。

「照れ隠しをしなくてもいい。自分に正直になれ。私に惚れてきたんじゃないか？」

その言葉に、火玖翔は斜め下四十五度の角度から彼を冷ややかに睥睨する。

「……は⁇　寝言は寝てから言ってください。雇用関係にかこつけた、パワハラセクハラで訴えますよ？」

きつめに言ってやると、敵は大仰な仕草で肩を竦めてみせた。

「わかってる。素直になれないホクトの気持ちも、充分にな」

「マジで意味不明なんですけど。次やったら、慰謝料がっぽりいただきますからね」

――まったく、なんなんだ、この人は⁉　自意識過剰が過ぎるだろ⁉

悪態をつきながらも、内心動揺が隠せない。

なんとか平静を装い、凛乃がソフトクリームを食べ終えるのを手伝う火玖翔だった。


その後は、ハイヤーの運転手がお勧めしてくれた観光名所の神社や寺をあちこち駆け足で回り、夕方には宿へ向かう。

ハイヤーが着いた先は、京都の嵐山《あらしやま》にある、指折りの高級老舗旅館だった。

和服姿の仲居に案内され、通された部屋は特別室らしく、一棟丸ごと貸し切りとなっていて相当な広さだ。

部屋には専用露天風呂までついていて、最高に贅沢だった。

いったい一泊いくらするのか、考えると眠れなくなりそうなので、気にしないことにする。

到着時間が遅めだったので、着いてすぐ部屋に夕食が運ばれてきたが、それらも火玖翔が生まれて初めて食べるような繊細で高級な和食ばかりで感動する。

しかし食事もロイたちと別だったため、仲居が膳を下げ終えると、火玖翔は気になってエリアスに問う。

「ロイさんたちは？」

「別の部屋を取っている」

「それじゃ、俺と凛乃もそちらに泊まりますね」

当然そのつもりでいると、エリアスはそれを無視して凛乃に話しかける。

「リノ、ちょっとこっちの部屋を見てみるといい」

「え、なぁに？」

エリアスが、居間の隣にある部屋の襖を凛乃に開けさせると……。

「わぁ、デンシャーだ!!」

なんと畳の部屋一面に、あらたなデンシャーのオモチャが並べられていた。

どれも、まだ凛乃が持っていない最新のものばかりだ。

「ちょっと……！　なんなんですか、これ。旅行先になんでこんなにオモチャが……」

「帰りは宅配便で送ればいい」

「そういう問題じゃないんですけどっ⁉」

さてはまた、宿側に頼んで凛乃の気を引くために用意したな、と火玖翔はエリアスを睨みつけるが、敵はそしらぬ顔だ。

「この部屋では、星がいっぱいの夜空を見ながら風呂に入れるらしい。見てみたくはないか？」

「うん、みたい！」

「ちょ、ちょっと、凛乃っ？」

「リノはこちらに泊まりたいようだ。きみは好きにするといい」

「凛乃だけ置いていけるわけないでしょうがっ」

「なら、きみもこっちに泊まれ。決定だ」

「はぁ？　そんなこと、できるわけないでしょう」

やはり、凛乃を自分から奪い取ろうとしているのでは、とイライラしながらモメていると、エリアスにべったりの凛乃が、不思議そうに小首を傾げる。

「ホクたん、どぉしてエリたんとおとまりできないの？」

「そ、それは……っ」

「ホクトは放っておいて、風呂に入るぞ。リノ」

「うん！」

二人が仲良く手を繋いで露天風呂に行ってしまうので、火玖翔もやむなく後に続くしかない。

「こんなに広いのに、ホクトは一緒に入らないのか？」

「冗談は休み休み言ってください」

断じて一緒に入るわけにはいかないと、凛乃の服を脱がせてから着替えを手に、火玖翔はテラスの椅子に腰掛けて二人の入浴を近くで見守った。

「温泉に入る前に、かけ湯をするんですよ」

入り方を知らないエリアスに教えてやると、凛乃が「こうやるんだよ！」と彼にお手本を示してみせた。

ここは彼らの専用なので、厳密にはかけ湯のマナーは必要ないかもしれないが、身体の汚れを落とす以外にも湯の温度に身体を慣らす効果もあるのだと付け加えると、エリアスは「ニホンの文化は繊細だな」と感心した。

「わぁ、きれいなおつきさま！」

露天風呂のあるテラスからは、夜になるとちょうど満月の月が映えて、湯船に浸かりながら見る景色はまさに絶景だった。

「つきではね、うさぎさんがおもちつきをしてるんだよ！」

「ほう、日本ではウサギなのか。私は子どもの頃から、月にはワニがいると聞いて育ったな」

「その国のある方角や見た角度とか時間帯で、見える模様が違うんですよね、確か」

ロサンゼルスの月は、そうだったかな、と火玖翔は留学時代を懐かしく思い出す。

「エリたんのおうちからみると、ワニさんがいるの？　みたいなぁ」

お湯に浸かって真っ赤なほっぺの凛乃が、そう言うと、「いつでも見に来るといい。なんだったら住んでもいいぞ」とエリアスが応じる。

「え、ホント？」

「ああ、本当だ」

適当なことを言って、幼児をその気にさせないでほしい、と火玖翔は彼を睨みつけたが、華麗にスルーされる。

「私は撮影で海外に行くことが多いから、いろいろな国から月を見た。リノにも、世界中の国で月を見せてやりたい」

「エリアス……」

すると、凜乃が突然思い出したように声を上げた。

「あのね、ホクたんもね、またあめりかにすみたいんだって！　りのにいつも、とってもいいとこだよっておはなししてくれるもん」

「り、凜乃……っ」

確かに、将来的にまた父の母国で暮らせたらいいという思いで、凜乃にも英語を教えてきたが、今それをエリアスの前で言われると困る、と内心慌てる。

だが、時既に遅し。

「ほう、そうなのか。ならホクトとリノはなおさらうちに住むといい。うちは広いから、いくらでも部屋が余っている」

と、人の悪い笑顔でエリアスが言うので、即座に否定しようとして顔を向けると、湯船の中のがっしりと筋肉がついた彼の上半身が目に入り、焦って目を逸らす。

「……ご厚意だけ受け取っておきます。赤の他人の家に居候できるほど、図々しくないので」

故意に『赤の他人』という単語に力を入れると、エリアスが大仰に肩を竦めてみせる。

そんな芝居がかった仕草さえ、いちいち様になっていてムカつくことこの上ない。

この男、イケメンが過ぎる。

「さ、もう出るよ。のぼせちゃうからね」

「え〜もう？」

渋る凛乃の身体を、洗い場で手早く洗ってやり、大判バスタオルで湯上がりホコホコの小さな身体を包み込むと、火玖翔はさっさと室内へ引き揚げる。

よく水気を拭き取り、いつものように保湿クリームを塗って子ども用の作務衣を着せていると、エリアスも浴衣を羽織った格好で露天風呂から戻ってきた。

長身なので宿側が一番大きいサイズを用意していたようだが、それでもまだ丈が短くて裾から脛の辺りが覗いている。

着方がわからないらしく、前がはだけたままで逞《たくま》しい胸板が覗き、黒のボクサーパンツがチラ見えするので、火玖翔は慌てて視線を逸らす。

「これはどうやって着るんだ？　これで押さえるのか？」

「……身の周りの世話までさせるなら、別料金いただきますからね」

口ではそう言ったものの、目のやり場に困るので、やむなく帯を受け取り、浴衣の前を合わせて腰に巻いてやる。

「帯はこうして、腰骨の辺りに巻くんですよ」

エリアスのウェストに抱きつく格好になって後ろに帯を回していると、なぜか彼がやに下がっているのが見えて、「なに笑ってるんですか？」と下方から尋ねた。

「……べつに。ほう、ユカタとはこう着るものなのか。楽でいいな」

と、敵はなぜかそう話を誤魔化す。

「さぁ、リノは私が見ているから、ホクトも入ってくるといい」

「……ありがとうございます」

一応厚意に甘えたものの、露天風呂だと室内からでも入浴しているところが見えるので、火玖翔は一人室内にある風呂で手早く済ませた。

湯上がりに浴衣へ着替えて戻ってみると、既に寝室に大人用二人分と、その間に幼児用の布団が一組敷かれていて、思わずドキリとしてしまう。

「……や、やっぱり俺たちはロイさんたちのお部屋に……」

動揺し、思わずそう申し出るが。

ホテル暮らしでもうすっかりエリアスに懐いている凛乃は、フカフカの高級布団の上で彼の長い足にタックルして遊んでいる。

「エリたん、きょうはいっしょにねんねするの？」

「り、凛乃、ワガママ言っちゃ駄目だよ。エリアスさんは疲れてるんだから……」

慌てて止めようとすると、すかさずエリアスが「いや、疲れてなどいない」と否定する。

「リノがそこまで言うなら、しかたがない。一緒に寝るとしよう」

「いやいや、凛乃は、するの？　って疑問形で質問しただけですよね？　一緒にねんねしてほしいって頼んだわけじゃないですよね⁇」

火玖翔の突っ込みを無視し、エリアスは少しずつ離して敷かれていた豪華な布団をさっさと三組くっつけてしまった。

「なにをしている。さぁ、寝るぞ」

「はぁい」

「…………」

――しかたない、一晩の我慢だ……。

発情期は終わったし、強めの抑制剤も飲み続けているので問題はないだろう。

やむなく、火玖翔は凛乃と一緒に布団へ入った。

凛乃を真ん中に挟み、左に火玖翔、右にエリアスという配置で横になる。

「おふとん、ふっかふかだね！」

初めての旅行で興奮しているのか、凛乃ははしゃいでなかなか寝ようとしない。

布団の上をゴロゴロ転がってエリアスにぶつかってはまた戻ってきて、今度は火玖翔にぶつかって遊んでいる。

「凛乃、大人しくねんねしよう」

「え～～、もうちょっとおきてた～い」

そう言いながらも、転がって自分の布団の上に戻ってきた凛乃は、「ねぇねぇ、ホクたん。カゾクダンランって、こんなかんじ？」と聞いてきた。

「む、難しい言葉知ってるね。誰に教わったの？」

「ほいくえんのせんせい！　おうちでパパとママと、ワイワイたのしくおはなしするのがいいんだって！　りののおうちはパパとママじゃなくて、パパとパパだけど」

「凛乃……」

内心ドキリとすることを言われ、火玖翔は激しく動揺する。

オメガの存在は既に一般に浸透しているし、保育園の友達にもオメガから生まれた子がいるので、凛乃は自分が男性である火玖翔から生まれたことは理解しているようだ。

ただ、自分にもう一人父親がいるとわかってはいるようだったが、今まで一度も口にしたことはなかった。

幼いながらに、火玖翔を困らせるとわかっていたのだろうか……？

初めて父親に関して触れられ、火玖翔が答えられずにいると、ふいにエリアスが「リノはパパが欲しいのか？」と尋ねた。

すると凛乃は小首を傾げて、う～んと考え、「ホクたんがいるから、どっちでもいい」と答えた。

「どっちでもいいのか……はは……」

なぜかショックを受けた様子で、エリアスが乾いた笑いを見せる。

「……凛乃、絵本読んであげるから、ちゃんとお布団入って」

話題を逸らすために伝家の宝刀、凛乃の大好きな電車の絵本で誘うと、効果てきめんで凛乃が布団に入って寄り添ってくる。

エリアスがいるので少し気恥ずかしかったが、いつものように感情を込めて絵本を読んでやると、昼間たくさん観光した疲れからか、凛乃はすぐ寝息を立て始めた。

ぐっすり眠ったのを確認し、凛乃の首許まで布団をかけてやると、エリアスがじっとこちらを見ていることに気づく。

「……あんまり見ると、観覧料取りますよ？」

「言い値で払おう。いくらだ？」

ああ言えばこう言うエリアスに、内心あきれながら、火玖翔は枕許のライトを消す。

凛乃も寝たことだし、明日もあるのでここは釘を刺しておかねば。

「あの……お願いですから、もうこういうことはやめてください」

「……こういうこととは？」

「しらばっくれないでください。プライベートと仕事を混同しないでくれと言ってるんです」

凛乃が起きないよう、小声でそう詰め寄ると、薄い闇の中でエリアスが上体を起こし、こちらに身を乗り出してくる気配がした。

「ホクト」

突然名を呼ばれ、ドクン、と鼓動が跳ね上がる。

「……わかってるとは思いますが、おかしなことをしてきたら職権乱用とセクハラで訴えますからね？」

三ヶ月限定の、便利な現地妻にされるなんてまっぴらだ。

火玖翔は、依然として彼への警戒を緩めなかったのだが。

「離れている間、私のことを思い出す時はあったか……？」

その問いに、ドクンと鼓動が跳ね上がる。

「……ありませんね。こないだ再会するまで、完全に忘れてました」

嘘だ。

本当は一日たりとも、彼のことを思い出さない日はなかった。

だって当然だろう、彼は凛乃の父親なのだから。

本人には決して知られたくないが、なんとなく顔が見たくて、彼が出演した映画のＤＶＤを買い、夜中にこっそり観るのが習慣になっていた。

画面の中の彼は、火玖翔に語りかけることもなかったが、元気に活躍している姿を見るだけでほっとできたから。

――この人が、悪いんだ。強引につがいの印なんか刻むから……。

そうエリアスのせいにしても、心のモヤモヤは一向に晴れなかった。

「やれやれ、ハリウッドスターさんはこれだから。全人類が自分に惚れるとでも思ってるんですか？大した自信ですね」

故意に意地の悪い物言いをして突っぱねると、エリアスが苦笑する気配がした。

「はは、ところが世界でただ一人、惚れてほしい相手からはすげなく袖にされてばかりいる。私が他人より恵まれた環境にあるのは確かだが、本当に欲しいものは手に入らない運命の下に生まれているのかもしれない。皮肉なものだな」

「……」

――そんな相手が、いたんだ……。

だったらよけいに、自分たちなどにかまわず、そのお相手を口説けばいいものを。

ハリウッドスターの色恋沙汰など、自分に一切関係がないのだから、と思いつつ、火玖翔は胸の辺りがモヤモヤして苦しくなった。

「あなたのプライベートに興味はありません」

「ホクト……」

それでも気持ちの整理がつかなくて、火玖翔は思わずスヤスヤと眠っている凛乃を自分の方へ抱き寄せる。

「……あなたの考えてること、ぜんぜんわからないです。とにかく、凛乃は絶対に渡しませんから」

「……前にも言っただろう。そんなことはしない」

「……もう寝ます。おやすみなさい」

これ以上話しかけるな、と強引にそう宣言し、火玖翔は目を閉じる。

すると、エリアスがまるで独り言のように、ぽつりと呟いた。

「私が楽しい旅にしろと言ったが、リノときみが楽しそうに笑っているなら、私も楽しいんだ。だから明日も私の勝手にする」

「……エリアス」

「明日も早いぞ、おやすみ」

火玖翔の希望通り、彼がこちらに背中を向けた気配がするのを夜闇の中で感じる。

――エリアスが帰国するまで、あと一ヶ月か……。

長いようでいて、あっという間の二ヶ月だった。

あと少しで、元の平穏な生活に戻れて嬉しいはずなのに、心のどこかで一抹の寂しさを感じている自分に気づく。

すべては時間が解決してくれるはずだ。

そう自分に言い聞かせながらも、火玖翔はなかなか寝つけそうになかった。

スマホのアラームが、鳴っている。

「ふむ……起きないな」

「ホクたんはね、あさはいつもねむねむなの」

遠くから、そんな声が聞こえてくる。

「ん……」

無意識に寝返りを打ちながらアラームを止め、なんとか眠い目を開けると、エリアスと凛乃が上から自分を見下ろしているのが視界に入った。

「なに……？」

「朝食の用意ができたぞ。起きろ」

「ん……もうちょっとだけ……」

浴衣姿でモゾモゾと蠢《うごめ》き、ようやく上体を起こしたものの、そのままフリーズしてしまう。

低血圧のせいか、朝はエンジンがかかるまで時間が必要なのだ。

寝乱れたしどけない格好で、少しぼぅっとしていると。

「いつものクールビューティーなホクトからは、想像がつかないな」

「ホクたん、あさはぽやぽやしててかわいいんだよ！」

エリアスと凛乃のやりとりで、火玖翔はようやく我に返った。

そうだった、ゆうべはエリアスと同じ部屋に泊まったんだった……！

「凛乃っ、一緒にお顔を洗おう！」

照れ隠しに、凛乃を抱き上げ、洗面所へと逃げ込む。

ああ、寝起きの無防備な姿を彼に見られてしまった、と後悔してもあとのまつりだ。

——だから一緒に寝るのはいやだったんだ……！

ゆうべはあれこれ考えて、なかなか眠れなかったので、いつもよりさらに寝起きが悪かったせいもある。

凛乃と洗顔と着替えを済ませ、そしらぬ顔で朝食の席に着くと、エリアスに「寝起きのきみは、可愛いな」とストレートに言われたが、完全黙殺した。

部屋に用意してもらった、湯豆腐つきの朝食を三人でゆっくり食べる。

子連れなので、レストランでほかの客たちと一緒でないのが気を遣わず済んでありがたかった。

ロビーでロイたちと合流し、宿をチェックアウトして再びハイヤーで出発する。

午後にはエリアスの撮影があるので、タイムリミットは正午までだ。

今日はどうするのだろう、と思っていると、嵐山周辺の名所をいくつか駆け足で巡った後、車は亀《かめ》岡《おか》方面へと向かっている。

しばらく走り、ハイヤーは最寄りの駅前で彼らを降ろし、走り去っていった。

「今日はトロッコ列車に乗るぞ」

「とろっこれっしゃって、どんなの？」

「それは着いてからのお楽しみだ。楽しみにしていろ」

「うん！」

もうすっかりエリアスに懐いている凛乃は、抱っこしてと甘え出す。

すると、エリアスは凛乃を軽々と抱き上げ、肩車をしてやった。

「わぁ、すっごくたかいよ！」

「どうだ？」

「エリたん、あっちいってみて」

「痛たた……操縦桿みたいに耳を掴むんじゃない。リノ」

三歳児パワーにエリアスが振り回されているのがおかしくて、火玖翔はつい笑ってしまう。

すると、火玖翔の笑顔を見たエリアスも、耳を引っ張られながら嬉しそうな顔をしたので、慌てて表情を引き締めた。

「やっぱりホクトは、笑ってる方が可愛い」

「な、なに言ってるんですかっ！　そういうのもセクハラなんですから、言動には気をつけてくださいっ」

「思ったことを口にしただけだ。なぁ、リノ？」

「うん！　ホクたんはにっこりすると、すっごくかわいいよ！」

凛乃にまでそんなことを言われたら、どんな顔をしていいかわからなくなってしまう。

耳まで真っ赤になった火玖翔は、「さぁ、行きますよ！」と話を誤魔化し、さっさと歩き出した。

トロッコ列車は五両あるうちの一両だけ、窓ガラスのないオープン車両がある。

そこは人気らしく、観光客でほぼ満席だった。

「わぁ！　きしゃぽっぽ、はしってるよ！　すごいすごい！」

興奮ぎみの凛乃が、窓から身を乗り出そうとするので、落ちないようしっかり抱っこするのが大変だったが、そのはしゃぎぶりに火玖翔も嬉しくなる。

――よかった。凛乃、すごく楽しそうだ。

エリアスがあらかじめ予約してくれていなかったら、この人気席のチケットは取れなかっただろう。

その点に関しては、彼に感謝しなければと思う。

「……あの、いろいろありがとうございました」

凛乃が景色に夢中の間に、火玖翔は隣に座っているエリアスにぺこりと頭を下げて一礼する。

「こんなに楽しそうな凛乃、久しぶりに見られて、俺も……嬉しかったです。あなたの好きなところに行けてないんじゃってことは、やっぱりちょっと引っかかるんですけど」

「少しでも私に感謝しているのなら、もう少し優しくしてくれ」

ジョークではなく、かなり真剣に言われてしまったので、火玖翔はつい苦笑してしまう。

するとちょうどトロッコ列車が下車駅に着き、エリアスは腕時計で時間を確認した。

「そろそろ時間だ。リノ、また新幹線に乗るぞ」

「しんかんせん!!」

大好きな電車にいろいろ乗れて、凛乃にとっては大満足の旅行だったようだ。

思いがけない形でエリアスと共に出かけることになった初めての旅行は、波乱に富んではいたが、こうして一応無事に幕を閉じたのだった。

◇　◇　◇

京都から戻ると、映画の撮影はラストスパートに入った。

エリアスもかなり長時間スタジオへ拘束されるようになったので、個人的な話はほとんどできなくなり、早朝出かけ、深夜に帰宅して倒れるように眠る日々になる。

当然火玖翔も忙しく、かろうじて凛乃の朝の送迎には付き添っていったが、お迎えや夜の寝かしつけなどほぼシッターに任せきりになってしまう。

だが、凛乃も幼いながらにエリアスが忙しいとわかっているのか、我儘も言わないので、それが逆に不憫《ふびん》だった。

三週間ほどそんな日々が続き、ようやくあと一息というところまできたので、その日は珍しく夜八時にはホテルへ戻ることができた。

「せっかくだから、三人で食事をしよう」

エリアスにそう誘われ、あと少しでお別れだからという気持ちもあって、火玖翔はそれを了承する。

すっかりエリアスと仲良くなった凛乃にも、彼と別れるまでの猶予を与えてやりたかったからだ。

夕食前に凛乃と入浴を済ませて、彼のスイートルームを訪れる。

専属シェフが腕を振るってくれて、フレンチのコースディナーはとてもおいしかった。

子ども用に作ってもらったお子さまランチがとても気に入ったらしく、凛乃も大喜びだ。

食後に、ロイと少し翌日の打ち合わせをしている間に、妙に静かだな、と思って和室を覗いてみると。

畳の上で胡座を掻いているエリアスの膝の上で、凛乃が心地好さそうにくぅくぅと寝息を立てていた。

どうやら、夢中でプラレール遊びをしているうちに電池切れになってしまったようだ。

「ホクト、リノが眠ってしまったぞ」

小声でそう報告してきたエリアスは、なんだかひどく嬉しそうだ。

「起こすのはかわいそうだ。このまま、私の部屋で寝かせればいいと思うが、どうだ?」

断られるだろうな、とわかっていながらも果敢に食い下がってくるエリアスを一瞥し、火玖翔はため息をつく。

「……はぁ、わかりました。俺もこちらに泊めてもらいます」

「え⁉　いったいどうしたんだ⁉　具合でも悪いのか⁉」

と、まさかすんなり同意してもらえるとは思っていなかったらしいエリアスが、逆に慌てふためき、火玖翔に来い、というジェスチャーで手招きする。

なんだろう、と不思議に思いつつ彼のそばに正座すると、エリアスがその二の腕を引き寄せ、こつんと額を当ててくる。

「……ふむ、熱はないようだが」

「ちょ、ちょっと⁉　なにやってるんですかっ」

完璧に整った絶世の美貌が鼻先まで迫ってきて、一瞬見とれかけてしまった火玖翔は思わず飛び退く。

「しっ、リノが起きてしまう」

エリアスに窘められ、慌てて口許を押さえるが、動悸はまだ治まらない。

「熱はこうして測るのだと、教えてくれたのはホクトだろう？」

「あれは子ども相手か、家族にする時だけです……っ」

動揺しながら答えると、エリアスの表情が曇った。

「……私は、ホクトの家族ではない、のか……？」

まるで独り言のようにそう呟いたエリアスの横顔が、なんだかひどく寂しげで。

思わずドキリとしてしまう。

「あ、当たり前でしょうっ、ほら、明日も朝早いんですから、あなたももう寝てください」

主寝室はエリアスが使っているので、隣の部屋にあるサブベッドを使わせてもらおうと、火玖翔が行きかけると。

そっと凛乃を抱き上げ、和室を出たエリアスはそのまま主寝室へと入っていってしまう。

「エリアス？」

「サブベッドは狭い。こちらのベッドは特大サイズだから、三人一緒に寝られる」

「それは……さすがにまずいですよ。困ります」

「キョートで既に一緒に寝ているじゃないか。今さらだ」

「誤解を招く言い方、やめてくださいっ」

「絶対になにもしないと、私の俳優生命を賭けて誓うから、ホクトもさっさとベッドに入れ。明日も早いんだぞ」

「…………」

エリアスは既に凛乃をベッドに寝かせ、自分もさっさとその左側へ横になってしまったので、火玖翔はしばらく悩んだ末、やむなく凛乃の右側からベッドに入った。

エリアスが枕許のライトを消し、暗闇の中でしばらく沈黙が支配する。

「私の撮影分は、あと一週間でクランクアップだ」

「……そうですね」

恐れていた話題を切り出され、火玖翔は無意識のうちに緊張する。

彼がいつ帰国するのか、ずっと気にはなっていたものの、結局聞けずにいたのだ。

「このまま、私とまた離れ離れになるが、いいのか？」

「……いいに決まってるでしょ。お互い、元の生活に戻るだけですよ。あなたに振り回される日々が終わってせいせいします」

「……そうか」

なにか言い返してくるかと思いきや、エリアスがそのまま静かになったので、また少しきつく言い過ぎたかなと火玖翔は反省する。

だって、そうでもしなければ、自分の中の未練を断ち切れそうになかったから。

「……今まで車で保育園まで送迎してもらえて、すごく助かりましたけど、あなたが帰国したら、俺はまた凛乃を自転車の後ろに乗せて保育園まで走る生活に戻る。それが俺の、現実なんです」

「……」

暗に、あなたとは住む世界が違うという火玖翔の駄目押しに、エリアスはなにも言わなかった。

――未練、か……。

自分はいったい、どうしたいのだろう？

もし……もしも、この表現し難い感情を彼に伝えたら……？

だが、その後はどうする？

彼を追って、ロスへ戻る？

エリアスには、真摯《しんし》に想う相手が既にいるのに？

成就《じょうじゅ》するはずもない相手を追いかけるなんて、想像するだけであり得ない。

もう自分は一人ではない、凛乃がいる。

恋愛感情だけで好き勝手に行動できる身ではないのだから。

――エリアスと離れれば、このモヤモヤする気持ちもきっとすぐ忘れられる。

そう願うしかなかった。


翌朝は、また無防備な寝起き姿を見られるのが恥ずかしいので、頑張ってエリアスより先に起き、ロイたちに知られる前に凛乃を連れ、いったん自分たちの部屋へ戻った。

そして凛乃の仕度を手伝い、着替えを済ませてから、そしらぬ顔でいつものようにエリアスのスイートルームへ朝食を摂りに行く。

するとエリアスはなぜだかひどく意気消沈した様子で元気がなかった。

――なんだ？　ゆうべは普通だったのに。

不思議に思いながらも朝食を済ませ、凛乃を保育園へ送迎するためにホテルを出ようとすると、突然エリアスが「私も一緒に行く」と言い出した。

「え、なぜですか？」

「特に理由はない。今日はまだ撮影開始まで時間があるからな。リノを送った足で、そのまま一緒にスタジオ入りするぞ」

「……わかりました」

先に一人で行けばいいのに、と内心思ったが、やむなく了承する。

エリアスも同乗するので、ライアンも一緒にということになり、彼が助手席に座って後部座席のチャイルドシートに凛乃、その隣に火玖翔、そしてエリアスが乗り込む。

「わぁ、きょうはエリたんもいっしょ？　うれしいな」

凛乃は大喜びで、エリアスに話しかけている。

「あのね、ほいくえんのおとなりのワンワンがね、すっごくかわいいんだ〜。マロンくんっていうの。りの、いつもごあいさつしてるんだよ」

「そうなのか」

そんな話をしているうちに、保育園の近くまで到着したので、火玖翔はいつも通り、少し離れたところで車を停めて待っていてもらい、凛乃を連れて車を降りた。

すると、中で待っていると思っていたエリアスも車から降りて後をついてくる。

そして、二人と共に歩道を歩き始めた。

どうやらライアンには、車で待機するよう言ってきたようだ。

普段はキャップにマスクでスタジオ入りするが、今日は最初から保育園に行くつもりだったのか黒髪ウィッグにサングラスのお忍び姿なので身バレは大丈夫だが、あまりハリウッドスターを連れて街をふらつくのも心配だ。

「……車で待っていればいいのに」

「……すぐそこまでだ。少し、散歩がしたい」

なんとなく、ぎこちない雰囲気で歩き出すと。

「エリたん、おててつないで！」

火玖翔と手を繋いで歩いていた凛乃が、空いている小さな左手を差し出した。

「あ、ああ」

エリアスがその手を取り、凛乃を中心に三人で歩く。

もしかして、凛乃はずっと、こうして保育園までの道程を、両親に手を繋いで歩いてほしかったのだろうか？

そう気づくと、火玖翔は切ない気分になる。

すると、そんな感情が伝わったのか、エリアスがふいに足を止めた。

「ホクト、私は……」

「……エリアス？」

彼がなにを言おうとしているのか、聞きたいような、聞きたくないような不思議な気持ちに陥り、火玖翔もただじっと彼を見つめる。

と、その時。

「あ、マロン！」

飼い主に連れられ、向かいの歩道を散歩していたマロンに気づき、凛乃が声を上げた。

すると、あっと思う間もなく二人の手を振りほどき、凛乃が車道へ飛び出してしまう。

「凛乃……!?」

タイミング悪く、ちょうどほかの通行人が数人脇を横切り、火玖翔の行く手を阻《はば》む形になった。

一瞬反応が遅れるうちに、凛乃はトテトテと車道を突っ切ろうと走っていってしまった。

もうマロンしか、目に入っていない様子だ。

そこへ、右折してきた軽トラックがかなりの速度で突っ込んでくる。

見ると、運転手がスマホで通話しながらハンドルを握り、正面を見ていない。

「危ない、凛乃……!!」

車道に飛び出そうとする火玖翔を強引に引き戻し、次の瞬間エリアスが跳躍する。

そこからは、まるで映画のスローモーションを見ているようだった。

強靭な筋肉を生かし、全速力で走ったエリアスが、凛乃を抱え、全身で庇《かば》ってアスファルトの上を転がる。

その左肩を軽トラックの車体が掠ったように見えたが、かろうじて激突は免《まぬが》れる。

だが、そのまま勢い余って転がったエリアスはガードレールにぶつかってようやく止まった。

「エ、エリアス……凛乃……!!」

らしい、と伝聞なのは、エリアスが「通訳がいないと医療従事者たちと話ができない」と主張するので、火玖翔はほとんどつきっきりで彼の個室に待機しているからである。

日本語も、もう日常会話は不自由ないくらい流暢に話せるのに、なぜ彼は自分をそばに置きたがるのかわからない火玖翔だったが、一応まだ雇用主なので言うことを聞いてやっている。


その日も、朝からエリアスが入院している都内の大学病院へ見舞いに行くと、特別個室の外ではライアンが椅子に座って見張りをしていた。

彼にも挨拶し、コーヒーの差し入れをしてから病室へ入ると、エリアスはベッドで退屈そうに次の撮影の台本を読んでいた。

火玖翔が到着すると、あからさまに嬉しそうだ。

「リノは？　保育園へ送ってきたのか？」

「ええ、元気に出かけましたよ。これ、ロイさんから預かった着替えです」

一緒に見舞いに来るとばかり思っていたのに、なぜかロイは「忙しいので、すみませんがよろしくお願いします」と着替えや換えのタオルなどを火玖翔に託してきたのだ。

それらをベッドサイドの棚にしまいながら、火玖翔は彼が倒れてから、初めて二人きりになったことに気づく。

エリアスが怪我をした時も、高熱で倒れた時も、もしこのままこの人を失うことになってしまったらどうしよう、と真っ先に考えていた。

両親を早くに亡くし、人の死に敏感なせいかもしれないが、それは久々に味わった本能的な恐怖だった。

あの時の喩《たと》えようのない不安を、まざまざと思い出す。

「……ホクト？」

「……お小言がまだでした。まったく、無茶ばっかりして。もう最後なんだから、あまり心配させないでください」

なぜだか涙が出そうになってしまって。

火玖翔は故意にエリアスから見えないように顔を背け、続ける。

「あなたの出演部分の撮影は無事終了したので、今度こそゆっくり休んで怪我を治してください。その……療養はロスに帰ってする、んですよね……？」

撮影が終わったのだから、エリアスがもう日本にいる理由はなにもない。

確認するのは、通訳の仕事が関係しているからだと、火玖翔は自分に言い聞かせる。

だが、ベッドに横になっていたエリアスはなぜか無反応だ。

「どうしたんです？　まだ具合が悪いんですか？」

心配して枕許に歩み寄ると、突然ガバっと跳ね起きたエリアスは、そのままベッドを下り、裸足のまま正座した。

そして床に両手を突き、ぎこちない所作で深々と頭を下げる。

一瞬、彼がなにをし出したのか理解できず、火玖翔は恐る恐る「な、なにしてるんですか……？」

と声をかけた。

「きみの国では、『ドゲザ』は最上級の懇願方法なのだろう？　この通りだ！　どうか私の求婚を受け入れてくれ……！」

「……は？　求婚？　いったいなんの話です？」

あまりに唐突な展開に、目を白黒させている火玖翔を尻目に、床に額を擦《こす》りつけたエリアスが、そのままの姿勢で叫ぶ。

「どれほど無様だろうと、かまうものか……！　きみたちと家族になって……私は……っ、リノの熱を、額で測りたいっ。そして私もホクトに、手じゃなくて、いつも額で熱を測ってほしいんだ……！」

「エリアス……」

「そうして、毎朝寝起きが悪くて、でもすごく可愛いきみを見ていたい。そのためなら、なんだってする……！　月からウサギを取ってこいと言うなら、今から宇宙ツアーを予約するから……だから、どうか私と結婚してくれ……！」

なりふりかまわず懇願するエリアスの姿に、火玖翔は困惑を隠せない。

「ちょっと、やめてくださいっ、とりあえず、顔を上げて」

「きみがイエスと言ってくれるまでは、いやだ」

立たせようとしても頑として抵抗し、自分に向かって頭を下げたままのエリアスを見下ろし、火玖翔はため息をつく。

「べつに、月に行けなんて無茶、言いませんよ。かぐや姫じゃあるまいし」

そしてベッドサイドの椅子に腰掛け、「とにかく、あなたも座って。それじゃまともに話もできないでしょ。また怪我が悪化したらどうするんですか」と窘めると、エリアスは渋々土下座をやめて大人しくベッドに戻った。

ギャッジベッドで上体を起こして座った彼に、火玖翔はいったん黙り込む。

「……驚いているのか？」

「そりゃ驚くでしょ。病院に見舞いに来て、誰がいきなりプロポーズされると思います？」

あまりにびっくりし過ぎたので、涙も引っ込んでしまったではないか。

「心外だな。私は今まで、さんざんアプローチしてきたつもりだが？」

「だって……本命の好きな人がいるって、言ってたくせに」

つい恨みがましい口調で言ってしまうと、エリアスからあきれたように「きみは聡《さと》いくせに、恋愛に関しては疎過ぎる」と批判された。

「誰がどう考えても、あれはきみのことだろう」

と続けられ、かっと頬が上気する。

「……こっちに滞在する間の現地妻として手頃だから、いろいろ言ってくるんだと思ってました」

「はぁ？　そんな風に思っていたのか？」

「わかりにくいんですよ。あなたの言動は」

どうやら、エリアスが本気らしいというのはようやく伝わってきた。

とりあえずの衝撃が落ち着いてくると、火玖翔は考えながら続ける。

「あなたなら、どんな魅力的なオメガだって簡単に射止められるでしょう？　もう充分ご存じだと思いますけど、俺は性格きついし、あなたにもさんざん冷たくしてきたし、理解できません」

「それはそうだな。ブリザード吹き荒れる対応がとてもつらかったぞ。日本ではツンデレという言葉があるらしいが、きみの私に対する態度はデレ一切なしの、まさにツンツンだった」

素直に全肯定してしまうところが、実にエリアスらしく、怒る気にもなれずについ笑ってしまう。

「なのに、どうして俺なんですか？」

心底不思議だったので、そう質問すると、エリアスが途方に暮れたような表情になる。

「……わからない。ロスのあの店で、きみに出会った時から、一目惚れだった」

「え……？」

まさか、初対面の時のことを言っているのかと、火玖翔は予想外の返事に驚く。

「薬を盛られて、意識朦朧としながらも店に行ったのは、きみに会いたかったからだと思う。冷たく振る舞っていてもきみは親切で……家で休ませてくれた時は、人生最大の、信じられない幸運に巡り合った気持ちだった」

そこでエリアスはいったん言葉を切り、「怪我が痛む」と呟いた。

そして無事な方の右手を差し出し、「きみが手を握っていてくれたら、痛みが引く気がする」と要求してくる。

「……そんなわけないでしょ。俺の手に鎮痛効果はありませんよ」

突っ込みを入れつつも、エリアスが「試してみないとわからない」とあきらめないので、火玖翔はためらいがちにその手を握ってやった。

不思議なことに、彼と手を繋ぐとなんだかほっと落ち着く気がした。

「衝動に身を任せたように見えたかもしれないが、あれは運命だったと今でも思っている。私たちが運命のつがいだと感じていたのは、私だけか……？」

「エリアス……」

運命のつがい。

それは、アルファとオメガの中でもさらにごく少数にしか起こり得ない現象で、まさに唯一無二の相手のことだ。

一度出会ってしまったら、決して離れられない、そんな運命の相手が、彼だというのだろうか？

「きみが私を伴侶として受け入れてくれたと思い込み、あの朝私は天にも昇る心地だった。ひどく浮かれていたから、小切手を切ったことが失礼だなんて考えもしなかった」

ロイたちに話したら、それは一晩金で相手を買った意味に取られてもしかたがないと窘められたと、エリアスは反省した様子で肩を落とす。

「そんなつもりじゃなかった……タクシー代も出してもらっていたし、ただ一晩世話になった礼がしたかっただけなんだ。なにかプレゼントをしたかったけれど、次の撮影が入っていて時間もなかった。つがいの印も刻んだし、きみはもう恋人になってくれたとばかり思っていたら、その後電話で冷たくされて訳がわからなかった」

今までの環境で、他者から拒絶される経験がなかっただろう彼は、初めての事態にさぞ困惑したに違いない。

この三ヶ月、エリアスと行動を共にし、その人となりは把握していたので、彼にまったく悪気がなかったことは火玖翔には既にわかっていた。

「あの時は……俺も気が動転していて、冷静じゃなかった。今まで、オメガとしての自分を否定して生きてきて、本能に流されて、あ、あんなことをした経験がなかったから……現実を受け入れられなかったんです」

「ホクト……」

こんなに時間がかかってしまったけれど、ようやく素直に彼へ本心を伝えられた。

火玖翔は、ほぅ、と大きく吐息を落とす。

「たった一夜の行為で凛乃を身籠もったと知った時には、最初は混乱したけど嬉しかった。俺にも家族ができたって思ったから、産む選択肢しかありませんでした。でも、あなたとは生きる世界が違う。だから迷惑をかけずに済むように、日本に戻ったんです」

「私がリノのことを知ったのは、つい最近だ。知らせてもらえなくてショックだったが、きみが急に帰国した理由がようやくわかった。だから、よけいにきみに会わなければと思ったんだ」

そこでエリアスは、火玖翔が姿を消してから今まで、ニュージーランドでの二年間に及ぶ過酷な撮影で初めての傷心と失恋を忘れようとしたこと、けれど結局無理だったこと、そしてロサンゼルスに戻ってから火玖翔の行方を捜し続けてきたことなどを訥々《とつとつ》と語った。

そこには普段の傲岸不遜なハリウッドスターの面影はなく、愛する人を求め続ける、ただの一途な恋する男の顔だった。

――四年も、俺のことを想い続けてくれてたのか……。

初めて知らされる事実に、火玖翔は驚きを隠せなかった。

「私なりに、あれこれ頑張ったんだが、きみに気持ちが届かなくて空回りし続けて、怒らせてばかりいるうちに、あっという間に三ヶ月経ってしまって……もう『ドゲザ』して求婚するしかないと思ったんだ」

再会してからは常に天上天下唯我独尊《てんじょうてんげゆいがどくそん》、傲岸不遜を絵に描いたような振る舞いで、なぜかズレたことばかり仕掛けてきては自分を怒らせてばかりで。

一度たりとも本心を明かすことなく、そんな一途な顔は微塵《みじん》も見せなかったくせに。

この人は、なんて不器用なんだろう、とあきれてしまう。

「どうして……？　あの晩、たった一度きりで……話すらほとんどする暇もなくて……一緒にいた時間なんて、ほんの少しだったはずなのに……？」

「だから、自分でもよくわからないと言っただろう？　だが、私はこれをアルファとオメガの本能のせいにはしたくない。今までほかのオメガに何人も会ったし、交際したこともあるが、こんな気持ちになったのはホクト、きみだけだ」

「……っ」

「ついでに言うと、きみと一夜を共にして以来、ほかの誰とも寝てない」

胸を射貫くような、エリアスのまっすぐな瞳に、火玖翔はもう抗えないと観念した。

「……俺も、嘘つきました。この四年、あなたのことを考えない日は、一日もなかったですよ」

「本当か⁉」

興奮したエリアスが身を乗り出し、繋いでいた手にぐっと力を込めてきたが、傷に響いたのか顔をしかめる。

「大丈夫ですか⁉　急に動くから……」

焦った火玖翔が、横になるように手を貸そうとすると、エリアスはそのままそっと抱きしめてきた。

「エ、エリアス……？」

「抵抗するなよ。傷に響く」

「……まったく、あなたときたら」

自分の怪我を盾にする彼に、火玖翔は思わず苦笑する。

すると、顔を上げたエリアスの美貌が、ゆっくりと迫ってきた。

「きみも私のことを、好きなんだな？」

「……」

「愛してるんだな？　世界中の誰よりも」

「……そこまで言ってないです。あんまりしつこいと、帰りますよ？」

「それは困る」

キスされる、とわかっていたが、抗うことができず、火玖翔はおずおずと彼の唇を受け止める。

「ん……っ」

初めは、ためらいがちに。

だが、いったん唇が触れ合うと、いつのまにか互いに夢中になっていて。

「は……ん……っ」

角度を変え、何度も何度も相手を貪り合う。

ああ、この感触だと、胸がきゅんと締めつけられる。

四年前、たった一夜を共にしただけの関係だったのに、彼のこの温もりを、ずっと忘れられなかった。

一人、子育てに悩んだり、仕事に躓《つまず》いたりした時、思い出すのはいつもエリアスの、あの晩の優しいキスの感触だった。

凛乃の寝かしつけが終わった深夜、ほんのわずかな自由時間に、エリアスの出演している映画をこっそり観るのだけが唯一の慰めだった。

今まで意地を張り、認めることができなかったが、自分はとっくの昔からエリアスを愛していたのだと、火玖翔は痛感する。

だが、途中でエリアスが軽く呻き、傷が痛むのだとはっと我に返った火玖翔は、慌てて「これ以上は駄目ですっ」とストップをかけた。

すると、エリアスが火玖翔の手を取り、名残惜しげにその甲に口づける。

「四年も待ったんだ。本当はもっとあれこれ、いろいろしたいが、今日はこれくらいにしておいてやる」

「なに、悪役の捨てゼリフみたいなこと言ってるんですか、まったくもう」

痛みを堪えながら虚勢を張るエリアスがおかしくて、火玖翔はつい笑ってしまう。

「……ホクトには、いつも笑っていてほしい。きみの笑顔は最高だ」

目近でエリアスに微笑まれ、つられていったん口許を緩めかけたものの、火玖翔は表情を曇らせて目線を逸らす。

「でも……っ、俺とあなたは、生きる世界が違う。これは現実です。俺にはハリウッドスターの恋人なんて、とても務まらない」

長年、火玖翔の心のブレーキをかけ続けてきた、それが現実。

そのためらいは、簡単には覆せない。

だが、それしきのことで引き下がるエリアスではなかった。

「恋人じゃない。伴侶になるんだ」

「……え？」

「心外だな。私の一世一代のプロポーズを、ちゃんと聞いていなかったのか？　私たちは結婚するんだ。異議は認めない。退院と同時に、全世界へ向けて記者会見する。さぁ、これから忙しくなるぞ」

「ちょ、ちょっと待ってください。え、ええええ〜〜〜⁉」

◇　◇　◇

エリアスは、まさに有言実行の男だった。

数日の入院、検査の後、一ヶ月の静養を医師に申し渡され、粛々とそれを受け入れ退院する。

そして、退院と同時に日本で記者会見を開いた。

来日中のハリウッドスターの突然の会見に、会場には入りきれないほどの報道関係者が詰めかけている。

会見用に用意したクラシックなスーツ姿で壇上に設えられた席に腰かけたエリアスが、口を開く。

「本日は私の結婚報告にお集まりいただき、心より感謝します」

流暢な日本語でそう挨拶したエリアスに、集まった報道陣の間からどよめきが漏れた。

「突然の発表ですが、日本で記者会見を開かれたということは、お相手の方は日本人ですか？」

「どこで知り合ったんです？」

など、次々と質問が飛んでくるのを、エリアスは一つ一つ真摯に答える。

「そうです、相手は日本人の一般男性です。彼との出会いは四年前のロサンゼルスで、私たちの間には三歳になる子どももいます」

エリアスの爆弾発言に、報道陣はさらにどよめいた。

控え室で、ロイたちと共にモニターで放送を見守っていた火玖翔は、そこまで話せばエリアスが非難されるのではないかと気が気ではない。

現在、多数の国でアルファとオメガに関しては法的に正式な結婚が認められている。

アメリカと日本も例外ではないので、普通の男女のように二人は国際結婚が可能なのだが、ハリウッドスターというエリアスの特殊な環境故に、ファンたちから批判されることを火玖翔はなにより恐れていた。

「ということは、お相手はオメガ男性ということですよね？　お子さんまでいながらご結婚が四年後になったのには、なにか理由があるんですか？」

「……それは、私の責任です。当時、自分のプライドを優先してしまい、日本に帰国した彼を追いかけることができなかった。今はそれをなにより後悔しています。つい最近、彼が私の子を産んでくれていたことを知り、もう自分に嘘をつきたくなかったので、本音で彼にぶつかり、求婚しました。受け入れてもらえて、今はとてもしあわせです」

そう告げたエリアスの表情は本当に幸福に包まれていて、彼の顔が画面でアップになると思わず引き込まれてしまいそうな魅力に溢れていた。

――エリアス……。

不器用な彼の求愛を思い出し、火玖翔は胸が熱くなる。

「苦労させてしまった分だけ、彼と息子をしあわせにしたい。それが今の、私の一番の願いです。本日は私事でお集まりいただき、ありがとうございました」

その後も、「結婚後にはどちらの国に住むのか？」「ご両親は結婚に賛成しているのか？」など次々に質問が飛んできたが、エリアスはそれにも「プロポーズにイエスと言ってもらえたばかりなので、ほかのことはまだなにも決まっていません」と丁寧に答えた。

時間だからと司会者が間に入り、エリアスが会見場を後にする。

それと同時に、火玖翔は控え室から飛び出していた。

控え室に向かっていたエリアスは、火玖翔に気づくとおどけて片目を瞑ってみせる。

「どうだ？　私の勇姿に惚れ直したか？」

「……厳密に言えば俺はまだ、イエスって言ってませんよ？　なんでも勝手に一人で決めちゃったくせに」

あまりにエリアスが嬉しそうだったので、ついいつもの癖で憎まれ口を利いてしまう火玖翔だ。

「あそこまで、本当のこと話さなくても」

自分がなにも告げず帰国したのに、エリアスが悪者にされるのは、耐えられない。

そんな火玖翔の思いを見抜いたように、エリアスが微笑む。

「隠しても、いずれすっぱ抜かれるなら、最初から正直に話した方がいい。それに、世間になんと言われようが、どうでもいいことだからな。私はホクトとリノさえ、そばにいてくれればそれで満足だ」

「エリアス……」

ハグしてくれ、と言いたげにエリアスが両手を広げてみせたので、火玖翔はおずおずとその胸に飛び込む。

もちろん、彼の怪我に響かないように配慮しながら。

「前々から言おうと思っていたんだが、いつまでそのガチガチの敬語を続ける気だ？　仕事中はしかたないが、プライベートの時間は四年前のあの日みたいに、素で話してほしい」

「……わかった」

束の間無人になった廊下で、二人は慌ただしいキスを交わしたのだった。


エリアスの突然の結婚報告は、日本のみならず、当然ながら世界中に衝撃をもたらした。

ハリウッドで飛ぶ鳥を落とす勢いの若手スターで、今まで特定の恋人を作らなかった彼が、突然四年前から品行方正になったことを、誰よりよく知っていたのは彼を追い続けてきたパパラッチたちだ。

『ついに本命現る！　エリアス・ミラーの真剣愛』

『アルファとオメガの運命の恋！　トップスターのお相手は、日本人でフリーランスの通訳』

週刊誌には、そんな見出しが連日躍り。

エリアスの会見は、映画の絶好の前宣伝になったらしく、早くも注目が集まり、その結婚報告と共にSNSや検索等のトレンドランキングにもトップに躍り出たらしい。

今が人生最高潮と断言できるほど上機嫌のエリアスだったが、反面、火玖翔としては胃の痛い毎日を過ごしていた。

二人で会見を開きたいと主張するエリアスを、凛乃のこともあるからとなんとか押しとどめ、一般人男性とだけ公表し、名前は伏せてもらったのだが、それでも周囲から情報は漏れるものだ。

まぁ、この三ヶ月、ずっとエリアスに同行していたのだから、関係者経由で身バレするのは時間の問題だったのだが。

もともと、保育園のママ友たちは火玖翔がオメガだということをふまえた上で仲良くしてくれていたのだが、凛乃の父親がエリアスだと知って驚きはしたものの、「凛乃くんにパパができてよかったね」と皆喜んでくれた。

実家の祖母や伯母夫婦たちにも打ち明けると、それはもう大騒ぎになったが、同じく祝福してくれた。

後日、火玖翔の許にも取材が殺到したが、凛乃のプライバシーを守るために名前を出さない旨を条件にそれを受けることにした。

エリアスが一方的に悪く書かれるのを避けるためだ。

たった一晩の関係で子を授かったこと、彼に迷惑をかけたくなくて黙って帰国したことなどが火玖翔の口から語られると、『二人はまさに運命のつがい』だと各紙こぞって書き立てた。

そのせいもあってか、幸いエリアスの悪評は立たず、世間は概ね二人の結婚に好意的な反応だった。

そんな騒ぎが収まる間もなく、エリアスが「療養中、付き添ってほしい。ホクトの専属契約も一ヶ月延長した。社長は快く応じてくれたぞ。リノも夏休みだろうから、二人で一緒に来てくれ。マスコミから姿を隠すのにちょうどいいだろう」などと言い出す。

エリアスは葉山《はやま》にある高級別荘を借り、そこでの静養生活に火玖翔たちを同行させた。

帰国は延期、入っていたスケジュールも調整し一ヶ月完全オフにして、のんびりと過ごす。

それがエリアスの希望だ。

幸い、次の映画のクランクインまではまだ間があるので、セリフを憶えるのにも集中できて一石二鳥らしい。

「まったく、なんでも勝手に決めちゃうんだから、あなたって人は」

ぶつぶつ文句を言いながらも、自分が見張っていないとエリアスがまた無茶をするかもしれないので、火玖翔はそばで目を光らせている。

骨折が治るまで、セックスなどとんでもないと断固拒否しているせいで、エリアスは相当ジリジリしているらしく、一日でも早く骨が修復するようにとカルシウムサプリや漢方などをあれこれ摂取している。

エリアスが借りた別荘はかなり豪華で、むろん防犯対策も万全の物件だ。

少し高台にあって山にも近く、海にも歩いて十分ほどで出られる場所で、立地としては最高だった。

再びスタッフが同行するか否かでモメたが、二人が新婚だからと最終的にロイが折れ、なにかあったらすぐ駆けつけられる近隣の別荘を借り、ロイとライアンたちはそこで待機することで話がまとまった。

ロイとライアンには、いろいろ世話になったので改めてお礼を言うと、彼らは「お二人がうまくいってくれて、僕らもほっとしました」とのことだった。

どうやらエリアスから経緯を聞かされ、今まで誰かを口説いた経験がない彼の言動が相当に的外れでちぐはぐだったことに二人はハラハラさせられっぱなしだったようだ。

その光景を想像すると、二人には申し訳ないが笑いが込み上げてくる。

一軒家での暮らしに、エリアスは初め、当然のごとく付き添いスタッフやハウスキーパーを呼ぼうとしたが、身の回りのことは自分がするからと火玖翔が断った。

ボディガードのライアンたちまで遠慮させて遠ざけたのに、都合よく家事だけしてもらうのが申し訳なかったからだ。

それに三ヶ月間のホテル暮らしは快適で楽ではあったが、自分の好きなものを作れなかったので、思う存分凛乃の好物を料理してやりたかった。

もちろん、エリアスにも。

「なにが食べたい？」

「オニニリを、作ってくれ。きみのオニニリがまた食べたい」

普段凛乃が口癖で言うので、エリアスも間違えて憶えていて、つい笑ってしまう。

「ふふ、おにぎりね」

違う味の炊き込みご飯や形の違うものもあれこれ作ってやると、おにぎりはエリアスの大好物になり、十数万円もする超高級炊飯器まで勝手に買ってきてしまうほどだった。

生まれた時から周囲の人間にかしずかれて生活してきたエリアスなので、最初から彼の家事能力はまったくアテにしていなかったのだが、火玖翔がてきぱき掃除や洗濯をこなすと、「それはどうやるんだ？」などと聞いてくるようになった。

火玖翔一人にやらせるのはフェアではないと感じているらしく、洗濯機の取り扱い説明書を読んだりして家事に参戦してくる。

エリアス曰く、ロボット式掃除機とドラム式乾燥機能つき洗濯機と全自動食器洗い機が完備されている物件なので、自分にだってできないはずはないのだそうだ。

「埃《ほこり》は上から落ちてくるから、掃除は上から始めて最後に床をするんだよ」

「ふむ、なるほど」

洗濯や掃除のコツを教えてやると、あっという間に憶え、大量の育児本も読破して凜乃を一人で任せられるまでになった。

予想外に家庭的な人だったんだな、と火玖翔の中でエリアスの株はじょじょに上がりつつある。


「エリたん、はやくはやくぅ！」

凜乃はことのほか海でのお散歩がお気に入りで、毎日二人を誘っては浜辺で貝殻を拾ったり、砂のお城を作ったりして遊んでいる。

日がな一日、海へ行ったり山を散策したり。

ずっと三人一緒なので、日本語の勉強もはかどり、エリアスはもうかなり日本語が上達していた。

日常会話程度なら、火玖翔なしでまったく支障ないくらいだ。

凜乃も、二人と日本語・英語両方で会話しているので、かなり語彙《ごい》が増えている。

これは予想外の嬉しい効果だった。

こんな日が来るなんて、夢にも思っていなかった。

三人で仲良く海辺を散歩しながら、火玖翔はひそかにしあわせを噛みしめる。

凜乃が、なにか言いたげにエリアスを見上げ、それに気づいた彼が凜乃を両手で抱き上げた。

「わぁ！」

「すまない、ずっと抱っこを我慢させたな」

怪我のせいで、しばらく凛乃を抱き上げられなかったエリアスが嬉々として火玖翔に告げる。

「ほら見ろ、もうリノを抱っこできるようになったぞ」

「あんまり無理しないでね」

このしあわせが、永遠に続けばいいと、火玖翔はそう願わずにはいられなかった。


その日、都内の病院へ診察に行ってきたエリアスだが、帰宅するとかなり上機嫌だった。

「経過、よかったの？」

「ああ、やっとドクターから許可が出た」

なんの？　と聞き返そうとして、はっと思い当たり、思わずエリアスを見上げる。

すると彼は火玖翔をハグし、その耳許で「今晩、するぞ」と囁いた。

「……っ」

「今夜はリノを早めに寝かしつけよう。夕飯は私が作ってやる」

と、エリアスはご機嫌のままキッチンへ行ってしまう。

――ど、どうしよう……!?

ついに、この日が来てしまった。

今日まで、エリアスの怪我を理由に延ばし延ばしにしてきたが、もはや言い逃れはできなそうだ。

――俺だって、したくないわけじゃない。でも……。

なんといっても四年ぶりだし、しかもまだたった二度目なので、どうしても気恥ずかしさが先に立ってしまうのだ。

それにあの晩は発情期で我を忘れていたから、勢いに任せてだったが、今回は違う。

発情していない状態で、初めてエリアスに抱かれると思うと、火玖翔はそわそわとひどく落ち着かなかった。

火玖翔が困惑しているうちに、エリアスは凛乃を連れて海へ散歩に行き、さんざん遊んで夕方に帰ってくる。

どうやら昼間たくさん運動させて、夜は早めにぐっすり眠らせる作戦のようだ。

――すごい、やる気満々だ……っ。

エリアスの用意周到さに、若干引きぎみの火玖翔である。

そんな彼を尻目に、エリアスは手早く夕食の仕度を済ませ、親子三人でエリアス特製ラザニアをおいしくいただく。

「リノは私が風呂に入れるから、ホクトは一人でゆっくり入るといい」

「あ、ありがと……」

もうすっかりエリアスと一緒に入浴することに慣れている凛乃は「あひるさんとあそぶ！」と叫び、元気に彼とバスルームへ走っていく。

最近の凛乃は、湯船にアヒルのオモチャを浮かべてレースをするのがマイブームなのだ。

――どうしよう……。

そわそわとしてしまい、落ち着かなくて室内を無意味に徘徊しているうちに、エリアスが凛乃を洗い終えたのでバスタオルでくるんで身体を拭き、保湿クリームを塗ってやる。

「おやすみなさい、ホクたん」

「おやすみ」

風呂上がりのホコホコした身体にパジャマを着て、エリアスと一緒に寝室へ向かうのを見送ってから、火玖翔も入浴する。

いや、凛乃がなかなか寝つかなかったらしないかもしれないし、と思いつつ、つい念入りに身体を洗ってしまう。

湯船に浸かり、悶々としているうちに思いのほか長風呂をしてしまったらしく、急いで上がり、パジャマを羽織ってバスルームを出ると、ちょうど火玖翔たちの部屋からエリアスが出てきたところだった。

「リノ、もうぐっすりだ。昼間遊び倒したのが効いたようだ」

どうやら寝かしつけは、火玖翔の期待に反してあっさり終わってしまったようだ。

エリアスはかなり浮かれているようで、「さぁ、リノが起きないうちに寝室へ行こう」と誘ってくるので、そこまで楽しみにされると期待に応えられる自信がなく、火玖翔はつい及び腰になってしまった。

「えっと……ここまで延びたんだし、そんなに焦ってすることもないような……」

咄嗟にそう口走ると、エリアスが目を剝く。

「なんだって？　今のは私の聞き間違いか？　頼むから、そうだと言ってくれ！　私がどれほどこの日を待ち望んできたと思っている？　初めてのあの夜から、四年と三ヶ月、それに二十三日だぞ？」

「……日にちまで数えてるとこに、ぶっちゃけドンビキなんだけど」

「忘れられるものか。私にとっては、人生が変わった運命の日なんだからな」

「エリアス……」

「きみにとっては、違うのか？」

「……俺だって……あの日のことは、一日だって忘れたことなんかなかったよ」

今まで虚勢を張り続けてきたので、いい加減素直にならなければ、と火玖翔は正直に自分の気持ちを伝える。

すると、エリアスが愛おしげに頬に手を触れてきた。

「いろいろと誤解があったからな。今日は初夜のやり直しだ」

思う存分啼《な》かせるから、覚悟しておけと耳朶に口づけられ、かっと頬が上気する。

困惑しているうちに、軽々とお姫様抱っこで、エリアスの寝室へ運ばれてしまった。

「えっと……凛乃、起きないかな？」

「見守りカメラをセットしてきた。なにかあったらすぐわかる」

と、万全の態勢だ。

そのままベッドの上に横たえられ、火玖翔はついに観念する。

「……っ、つまらなくても、後で文句は受けつけないからっ。俺はあの時が……初めてだったんで」

「やっぱりそうだったのか」

押し倒した火玖翔のパジャマの裾から右手を差し入れながら、エリアスが嬉しげに囁く。

「私だけのホクト。リノと共に、生涯大切にすると誓う」

「……エリアス」

「今は発情期ではない。だから、お互いの愛情のみで抱き合うんだ」

初めての晩は、本能に支配されて理性は置いてけぼりだった。

だが、今は違う。

酒のせいにもできないし、アルファとオメガの本能のせいにもできない。

ただ、互いに求め合うから抱き合うのだ。

「……本当に、俺でいいの？」

「まだそんなことを言っているのか？」

「だって……」

ごく平凡な一般人である自分が、ハリウッドスターと結婚するなんて、こうなった今でさえまだ信じられないのだから。

「ホクト以外の人間とは、結婚しない。私はそう決めたんだ。きみがプロポーズを断るなら、私は一人老いていく道を選ぶぞ」

「エリアス……」

「愛してる、ホクト」

はっきりとした発音の日本語でそう愛を告げられ、胸がきゅんとする。

「俺も……」

「本当か……？」

こくこくと何度も頷くが、エリアスは許してくれない。

その大きな手のひらで、火玖翔の華奢な身体を愛撫しながら、続ける。

「きみから愛の告白が聞けるなんて、まるで夢のようだ。もっと言ってくれ」

「ぁ……んっ……好き……」

「よく聞こえないな。もっと大きい声で」

「好き……っ、大好き……っ」

ぎこちない告白と共に、互いのパジャマを脱ぎ捨て、四肢を絡ませ。

そして、とろけるように甘い、キス、キス、キス。

何度しても、し足りない気分だ。

彼の力強い腕に抱きしめられ、肌が触れ合う、ただそれだけで、身体は既に興奮しきってしまって、火玖翔は戸惑う。

「なんだか……自分の身体じゃない、みたい……っ」

発情期ではないはずなのに、なぜこんなにセーブが利かないのだろう?

「私もだ。発情期じゃなくても、どうにかなりそうなくらいに……きみが欲しくてたまらない……っ」

「エリアス……っ」

目近で微笑む彼の美貌が、眩し過ぎて。

胸の動悸は、さらにヒートアップしてしまう。

「きみも、もっともっと私を欲しがってくれ」

甘い睦言を囁きながら、エリアスの大きな両手が火玖翔の全身を愛おしむように触れてくる。

「……っ」

してしまう。

彼以外、受け入れたことのないひそやかな蕾《つぼみ》にぬるりとしたオイルの感触があり、思わず身を固く
「力を抜いて」

「……ん……っ」

宥めすかされ、なんとか緊張に強張った身体の力を抜くと、エリアスの指がゆっくりと中に入ってきた。

火玖翔を傷つけないための準備だと、頭ではわかっていても、羞恥《しゅうち》にいたたまれない気分になってくる。

「ふ……ぁ……っ」

「痛いか……?」

ふるふると首を横に振ると、宥めるようなキスが降ってきた。

それから、溺《おぼ》れるほどのキスの雨と共に、彼の指を三本受け入れられるようになるまで、じっくりと時間をかけて馴らされる。

その頃には、火玖翔はもう自分がグズグズに溶けかけているアイスクリームになったような気分だった。

「も……いいから、来て……っ」

もう待てない、待ちきれない。

一刻も早く、彼が欲しくてそうねだると、エリアスはその望みを叶えてくれた。

ゆっくりと慎重に、彼が入ってきて。

その大きさと熱さに一瞬息が詰まるが、不思議なほど満たされた気分になる。

「つらくないか……？」

「……ん、平気」

大きく息を吐き、なんとか彼を受け入れると、火玖翔はエリアスを安心させようと笑顔を見せた。

「……私の伴侶は、世界一愛らしいな」

「ホントに？　俺のこと、ツンツンだって思ってたくせに」

「ツンツンでもそうでなくても、ホクトは愛らしいんだ。だが、これからはデレデレになることを期待している」

「ふふっ……」

甘いキスと睦言を交わしていると、ふいにエリアスに抱き起こされ、そのまま彼の膝の上に乗せられる。

するとさらに奥まで彼が入ってきて、火玖翔は華奢な喉を仰《の》け反《ぞ》らせた。

「ぁ……エリアス……っ」

彼の逞しい膝の上でゆっくりと、次第に情熱的に揺さぶられ、思わず嬌声が漏れてしまう。

咄嗟に手の甲で口許を押さえ、堪えようとすると、エリアスにそれを邪魔され、性急に唇を塞がれた。

「もっとだ、もっと私の名を呼んでくれ」

「ぁ……ぁ……っ、エリアス、エリアス、エリアス……っ」

恋しい男の首に両腕を回し、その激しい律動に身を委ねながら、火玖翔はまるでうわごとのように彼の名を呼び続ける。

発情期でなくても、こんなにも我を忘れてしまうなんて。

この四年、火玖翔は自分がどれほど彼を求めていたのかを思い知る。

一人で凛乃を育てなければと肩肘張って、無我夢中で過ぎていった日々の間に、事情を知ったエリアスもまた苦しんできたのだろう。

「黙って帰国して……ごめん……っ」

改めてひどいことをした、と後悔の涙が溢れてくる。

「もういいんだ。私も悪かった」

そう宥め、エリアスが涙ぐむ火玖翔の眦に口づけた。

「だが、これからはなんでも私に相談すると約束すること。いいな？」

「……うん」

「よし、いい子だ」

子ども扱いされ、ちょっとむっとした火玖翔は、仕返しに彼の逞しい筋肉がついた肩口に歯を立ててやる。

すると、エリアスはそんな戯《たわむ》れすら嬉しげに、火玖翔の項に刻まれたつがいの印に指先を這わせてきた。

「きみも私に、刻んでくれるのか？　永遠の、愛の証しを」

「エリアス……ぁ……っ」

揺すり上げられ、奥まで穿《うが》たれて思わず声が漏れてしまう。

「もっと、可愛い声を聞かせてくれ。私のホクト」

「ぁ……ん……っ、駄目……っ、もう、イッちゃ……う……っ」

快楽に慣れていない身体は、エリアスから溢れるほどの愛情を注がれ、既に限界へ到達しようとしている。

「いいぞ、何度でも。私たちにはこれから先、いくらでも時間はあるのだから」

「あ……ぁぁぁ……っ！」

いっそう強く抱きしめられ、目の前がスパークしたように頭の中が真っ白になる。

恋しい男の首に両手を回してしがみつきながら、火玖翔は目も眩むような絶頂と幸福を味わっていた。


久方ぶりの余韻を楽しみたいところだが、二人とも凛乃のことが心配で、急いで身支度を調え、火玖翔の寝室へと急ぐ。

幸い凛乃はぐっすり眠っていたので、ほっとした。

起こさないように、そっと左右からベッドに入り、川の字で横になる。

「星が綺麗だな」

この部屋の天井には天窓が設けられていて、ベッドに横たわったまま満天の星空が見られるのだ。

ああ、なんて穏やかでしあわせな時間なのだろう。

火玖翔はひそかに幸福を噛みしめながら、思い出すともなしに呟く。

「俺の名前、ハワイ語で星を意味する『ホク』からつけたんだって、小さい頃、父さんが教えてくれたんだ」

「そうなのか。素敵な由来だな」

幼かったから、父の記憶は朧気にしか残っていないが、そのことだけは鮮明に憶えていた。

凛乃を育てていると、あの頃の父の気持ちが少しわかったような気がする。

「だから、俺も凛乃の名前、すごく悩んだんだけど、光り輝くっていう意味の『リノ』にした」

「とてもいい名だ」

一人で勝手に決めてしまったことが内心引っかかっていたので、エリアスがそう言ってくれて少しほっとした。

エリアスの真意が摑めない頃は、ずっと突っかかるような態度ばかり取ってしまったが、いい加減素直にならなければ、と火玖翔は思い切って本心を告げることにする。

「俺さ……今までオメガである自分が受け入れられなくて、苦しかったけど、オメガじゃなかったらエリアスにも出会えてなくて、凛乃を授かることもなかったんだと思うと、初めてオメガでよかったって思えたんだ」

アルファの子を産むなんて考えられない、絶対に恋愛なんかしないと肩肘張って、一人で生きていくと決めていた、あの頃。

当時の自分からすれば、今は最悪の選択をしているのかもしれないが、その先に思いがけないしあわせが待っていた。

「私も、アルファということで期待されるのにうんざりしきっていて、結婚なんか考えられなかった。

特にオメガとは、だ。だが、きみに出会えて、子どもまで授かった。まったく予想していなかった未来だが、今は望外のしあわせだ」

エリアスも同じ気持ちでいてくれて、火玖翔は嬉しかった。

「人生って、ホントにどうなるかわからないものだね」

凛乃を起こさないよう、小声で話し続ける火玖翔を、エリアスが愛おしげにじっと見つめる。

「いつか、きみのお父さんの生まれ故郷へリノを連れていこう」

実は昔から、ひそかに夢見ていたことをさらりと言われ、火玖翔は驚く。

そして、それが実現したらいいなと思った。

「……うん、約束ね」

凛乃の頭上からそっと手を差し出すと、エリアスがそれを大きな手のひらの中に包み込んでくれたのだった。

◇　◇　◇

「リノ、大事なお話があるんだが、聞いてくれるか？」

おもむろにエリアスが切り出すと、プラレールで遊んでいた凛乃はたたっと走ってきて、抱っこをせがむ。

そしてエリアスの膝に抱き上げられると、「なぁに？」と小首を傾げた。

凛乃がショックを受けないだろうか、と火玖翔は内心ハラハラしながら見守るしかない。

「驚くかもしれないが……私はリノの本当のパパなんだ」

思い切った様子でエリアスがそう告げると、凛乃は大きな瞳を瞬かせ、黙り込んだ。

「り、凛乃……」

やはり衝撃が強過ぎたのだろうか、と火玖翔が駆け寄ろうとした、次の瞬間。

「やっぱりね。りの、しってたよ！」

「……え？」

予想外の反応に、同時に声を上げてしまったエリアスと火玖翔は、思わず顔を見合わせる。

「だってぇ、エリたんはりのにそっくりだもん。はじめましてのときから、パパかなってずっとおもってた！」

「そ、そうか……」

「ホクたん、エリたんとまたあえてよかったね」

「凛乃……」

まだ三歳ながら、子どもの直感というのは侮れないものだと、火玖翔は驚きを隠せなかった。

「あのね、ホクたんね、ずっとエリたんにあいたかったんだよ。だってね、りのがねたあと、こっそりエリたんのえいがをみてたもん」

とんでもない秘密を暴露され、火玖翔はさらに慌てる。

「り、凛乃っ、知ってたの⁉」

どうやら、眠っていると思っていても、ときどき火玖翔がヘッドフォンをつけて映画を観ているのを目撃していたらしい。

「ほう、私の映画を？　きみも可愛らしいところがあるんだな。なるほど……だから私がアパートメントに行った時、なにか隠していたんだな」

エリアスはそれがかなり嬉しかったらしく、満更でもない様子だ。

彼の出演作のＤＶＤを、慌てて押し入れに隠していたことまで見透かされてしまったとは。

「あ～もうっ！　話が脱線してますよ」

恥ずかしさのあまり、照れ隠しに指摘すると、エリアスはそうだった、と咳払いして続けた。

「そ、それでだ……事情があって今まで離れ離れになってしまったが、私はきみとホクトと一緒に暮らしたいと願っている。私と一緒に、ロスで暮らしてくれないだろうか？」

ロサンゼルスというのは、この大きなアメリカという国の、ここにある都市のことだと、エリアスは律儀に凛乃が愛用している子ども用タブレットで世界地図を出して指し示す。

「あめりかって、りのがうまれるまえ、ホクたんがいたとこ?」

「そうだ。私の仕事の都合で、どうしても活動はロスが拠点となる。保育園の友達や、アキヒロたちなど離れたくない人たちがいるのは理解している。今すぐでなくてもいい。いつか……私と家族になってほしいんだ」

三歳の幼児相手に、エリアスは実に真摯にそう語りかけていた。

凛乃は、果たしてなんと答えるだろうか。

凛乃が日本に残りたいと望むなら、二人は当分遠距離結婚する覚悟だった。

固唾《かたず》を呑んで、火玖翔が見守っていると、凛乃は小首を傾げ、少し考えてから言った。

「いいよ。エリたんのおうちに、ホクたんとすんであげる!」

「ほ、本当か?」

「うん。だってね、いっしょにおつきさまみるやくそく、したでしょ?」

「凛乃……」

京都の露天風呂での会話を、凛乃はちゃんと憶えていたのだ。

「あとね、ホクたんはエリたんのことだいすきだし、りのもエリたんのこと、だいすきだから!」

「……ありがとう、凛乃」

「またあめりかにすめてよかったね、ホクたん」

と、にっこりされ、我が子の優しさに胸が詰まり、火玖翔は思わず凛乃を抱きしめる。

「それで、けっこんしきはいつするの?」

「え……？」

「エリたんとホクたんは、けっこんするんでしょ？　そしたらけっこんしきをあげて、ばぁばたちもしょうたいしないと！」

どうやら、保育園ではお友達とそんな話もするらしく、凛乃は結婚する＝結婚式を挙げることだと思っているようだ。

「し、式はどうかな〜……」

火玖翔が曖昧に誤魔化そうとすると、そこでエリアスが割って入り、「もちろん、盛大な結婚式を挙げるぞ！　大勢の人を招待しよう！」と爆弾宣言をする。

「ほんと!?　そしたらほいくえんのおともだちもよんでもいい？」

「ああ、もちろんだ」

「ちょ、ちょっと!?」

まさか本気？　とエリアスに目線を向けると、彼はとびきりのスタースマイルで言った。

「さすがに保育園児や保護者に日本から来てもらうのは大変だから、日本とロスで、二回挙式しよう。さぁ、これから準備で忙しくなるぞ！」

「え、えええええ〜〜〜!?」

◇　◇　◇

「仕度はできたか?」

姿見に映る自分の姿を眺めていた火玖翔は、エリアスの声でふと我に返る。

「……まぁ、一応……」

「きみは世界一美しい。まさに奇跡だ」

「……またそんなこと言って。試着の時にも見てるだろ」

この最高級の純白のウエディングタキシードを、着こなせている自信がまるでない火玖翔は、気恥ずかしさから、ついいつもの憎まれ口を叩いてしまう。

これもエリアスお気に入りの一流デザイナーの作品で、彼のこだわりに任せていたら完全オーダーメイドで目の玉が飛び出るくらいの金額になってしまった。

が、その甲斐あってか、シャツの袖などにふんだんに高級レースを使用したその服は、とてつもないほど優雅で素敵な仕上がりだった。

「美しいものは、何度見ても美しいんだからしかたがない」

その細腰を抱き寄せ、エリアスは最愛の伴侶にバードキスを贈る。

「……そういうエリアスも、素敵だよ」

エリアスの方も、多少デザインが違うが火玖翔の衣装と対になっていて、彼のスタイルのよさを殊更際立たせている。

「惚れ直したか?」

「……まぁね」

照れ隠しに、火玖翔も軽いキスをお見舞いしてやった。

と、そこで控え室のドアがノックされ、どうぞと声をかけると凛乃を抱っこした晃宏が顔を覗かせる。

「結婚おめでとう! おお、二人とも、すっごく似合ってて格好いいな。なぁ、凛乃?」

「うん! サイコー!」

黒の半ズボンに白のワイシャツ、サスペンダーに黒の蝶ネクタイをつけ、おめかしした凛乃が、小さな親指を立ててみせる。

「ありがと、凛乃もすごく似合ってるよ」

ふと、エリアスが妙に静かだなとなにげなく振り返ると、我が子のあまりの可愛さに、彼は火玖翔と凛乃の写真を撮りまくっている。

普段は常に撮影される側だからか、新鮮らしく楽しげで、「リノはホクトと私に似て、世界一可愛いな。いや、もしかしたら銀河系一なんじゃないのか?」と既に親バカ全開だ。

晃宏と共に伯父夫婦と祖母もお祝いに駆けつけてくれて、凛乃の保育園のお友達とその家族も次々と詰めかけ、控え室は満員御礼だ。

病院での突然のプロポーズから、約三ヶ月。

エリアスは日本でも盛大な式を挙げたがったが、ロサンゼルスで相当大規模な挙式になりそうだったので、地元ではアットホームにこぢんまりやりたいと火玖翔が主張し、なんとか都内でガーデンウエディングができる場所を急いで探したのだ。

初秋のちょうどいい気候の上、天気は快晴で、この日はまさにガーデンウエディング日和だった。

「エリアスさん、火玖翔さん、ご結婚おめでとうございます！」

「末永くおしあわせに！」

牧師立ち会いで秋晴れの空の下、和やかに式は進行し、定番の誓いの言葉や指輪交換、誓いのキスが滞りなく終わると、そのままガーデンパーティーへと突入する。

ごく内輪だけに人数を絞ったつもりだったが、ロイたちエリアスの関係者スタッフに火玖翔の親戚と田岡に会社関係の同僚、それに凛乃の保育園関係の友達とママ友を含めると百人近くなり、会場は実に賑やかだった。

残念ながら、エリアスの両親はそれぞれ撮影で海外にいるため、急に決まったせいで今日は参列できなかったが、ロサンゼルスでの挙式にはなにがあっても出席すると連絡をくれた。

その返事は、当然いつものように自分よりも仕事を優先されると思っていたエリアスにとっては意外だったらしい。

だが、彼が嬉しそうだったので、彼の家族との確執を知る火玖翔もよかったなと少しほっとした。

今後は、できることなら自分もエリアスと彼の家族の関係をサポートできればと願う。

「皆、本日はお忙しいところを私たちのためにお集まりいただき、ありがとうございます」

マイクを手に、エリアスが流暢な日本語で挨拶すると、皆一斉に彼に注目する。

「世界で一番しあわせなのは、間違いなくこの私だと断言できます。今ここで、生涯の伴侶、ホクト

と息子のリノと共にこの先の人生を歩み、三人でさらにさらにしあわせになることを誓います。皆さんはどうか、その立会人になってください」

そうスピーチを終え、エリアスは片手で軽々と凛乃を抱き上げ、空いた手で火玖翔の肩を抱き寄せる。

すると会場からは割れんばかりの拍手が、彼ら親子に送られた。

こんなに大勢の人々から祝福されて自分が結婚するなんて、夢にも思っていなかった火玖翔は感動で涙が込み上げてくる。

すると、瞳を潤ませた火玖翔へ、エリアスに抱っこされた凛乃が「ホクたん、どぉしてないてるの？」と尋ねた。

「ん、それはね、人は悲しい時だけじゃなくて、すっごくすっごく嬉しい時にも、涙が出ることがあるんだよ」

「そうなんだ！」

二人のやりとりを微笑ましげに聞いていたエリアスを見上げ、火玖翔は告げる。

「俺もあなたと凛乃を守りたいし、もっともっと、皆をしあわせにしたい」

それは、今まで家族の縁に薄かった火玖翔にとって、なによりの願いだった。

その思いが通じたのか、エリアスも百万ドルの笑顔で頷く。

「ああ、一緒にいれば、私たち家族はきっと大丈夫だ」

実に四年越しの恋を実らせ、今、彼らの行く手は希望に満ち溢れていた。

こんにちは、真船《まふね》です。

今年初のBLは、天上天我唯我独尊な俺サマ攻め×強気だけど恋に臆病な美人受けのラブバトル、もといシークレットベイビーものとなりました。

世が不景気なせいか、最近BLでも昔のようなゴージャスなセレブ攻め様をあまりお見かけしないな……と思い、自分でコッテコテなやつを書いてみました（爆）

プライベートジェット所有とか、最高級ホテルワンフロア＆新幹線グリーン車一両貸し切りとか、久々だったので楽しかったです（笑）

担当様と、帯あおりについてご相談していた時に「このカップルはVSが似合いますよね！」と速攻で意見が一致したのも、いい思い出（笑）

私はやっぱりラブコメが、ものすごく好きなんだなと改めて思いました。

そして、今作でイラストを担当してくださった笠井《かさい》あゆみ先生。

デビュー当時からずっと憧れ続けていたので、お仕事ご一緒させていただけてめちゃめちゃ嬉しかったです。

イケメンが過ぎる攻め様とクールビューティー受けくん、それに天使の

あとがき

ように愛らしいちびっこの凛乃《りの》がまさにイメージぴったりで、最高に素敵な家族を描いていただけて、天にも昇る心地でしたっ。
特に表紙の保育園ファッション&口絵のきゃわわ寝相の凛乃の可愛さは、まさに天元突破!!!（悶絶）
画像データは一生の宝物ですっ。
お忙しいところ、快くお引き受けくださって本当にありがとうございました!

それではまたいつか、お会いできる日を祈って……。
今作を手に取ってくださった皆様に、心からの感謝を捧げます。

真船るのあ

CROSS NOVELS をお買い上げいただきありがとうございます。
この本を読んだご意見・ご感想をお寄せください。

〒110-8625 東京都台東区東上野 2-8-7　笠倉出版社
CROSS NOVELS 編集部
「真船るのあ先生」係／「笠井あゆみ先生」係

CROSS NOVELS

ハリウッドスターαからの溺愛お断りです！

著者
真船るのあ

2023年7月23日　初版発行　検印廃止

発行者　笠倉伸夫
発行所　株式会社　笠倉出版社
〒110-8625　東京都台東区東上野 2-8-7　笠倉ビル
［営業］TEL　0120-984-164
FAX 03-4355-1109
［編集］TEL　03-4355-1103
FAX 03-5846-3493
https://www.kasakura.co.jp/
振替口座　00130-9-75686
印刷　株式会社　光邦
装丁　コガモデザイン
ISBN 978-4-7730-6376-9
Printed in Japan